BLUE GIANT SUPREME

[블루 자이언트 슈프림]

VOL 3

Shinichi ISHIZUKA

SHIN ICHI PRESENTS

CONTENTS

제17화
COME
AWAY
WITH ME

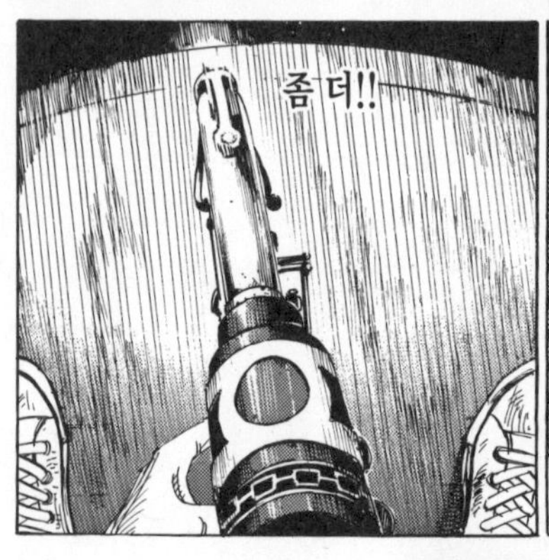

6

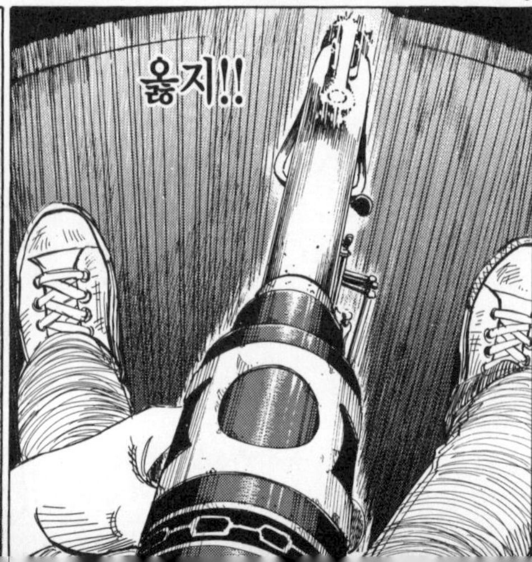

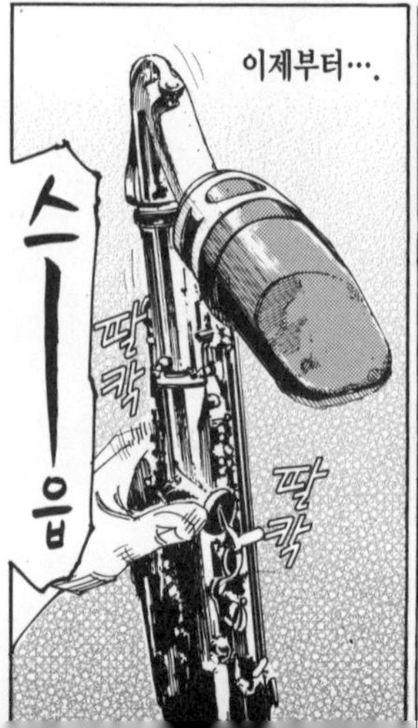

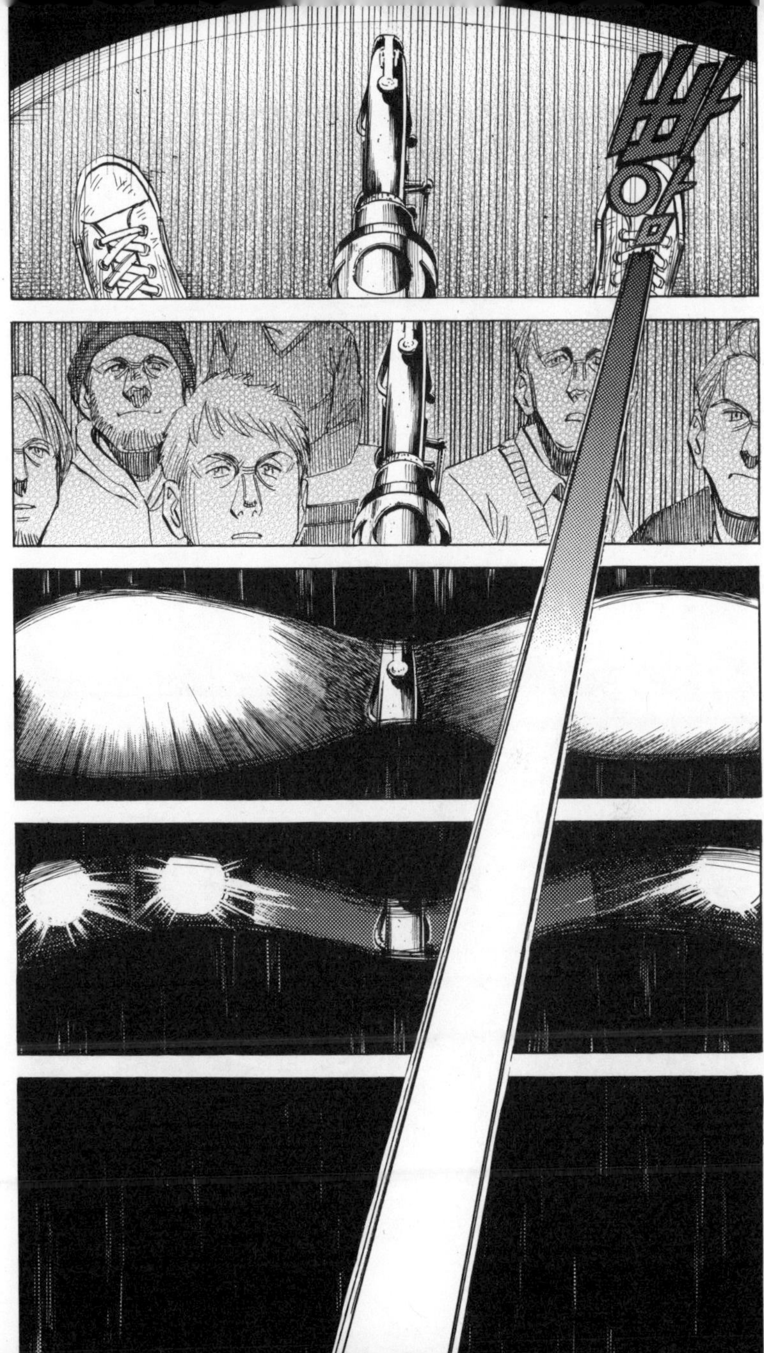
빠아앙

하악
하악
하악
하악
하악
짝
짝
짝
짝
짝
짝

짝
짝
짝
짝
짝
짝
짝
짝
당케….

당케션!!

당케션!!

당케!

I go next, OK?

OK!

휴우—……

당케셴!!

짝

짝

!!

당케!!

짝 짝

한나 페터스!!

Hi.

저,
저기
…
How was my play?
내 연주는 어땠어요?!

아직도 그 밴드에서
연주하고 있나요?
이 가게는 즉흥 연주가
가능하니까…
괜찮으면 한나도….

밖에서
얘기하자.
바, 밖에서?
지금?!

Yes.
알았어!!
바로 나올 테니까
좀만 기다려….

와아~….
이게
어떻게 된
일이야?!

진짜로
깜짝
놀랐어!!

근데
좀 화난 것
같은데?

이유가
뭐지?

딸칵

딸칵

스…

'뮤직랜드'
사장님은
왜 여기에?!

찌익

됐다.

OK!!
Let's go.

끼익..
D!!

?!
그 여자야?

한나를
만난
거야?!

끄덕

다녀와!!
오늘 밤은 계속
플레이하자!
OK!!

끼익..

So, Dai.
그래, 다이.
Yes….
Your play is
당신의 연주는

Ich geh
dann mal.

Bitte warten sie,
warten sie kurz.
?

기술적으로
아주 뛰어나지는 않아.
하지만 아주…
아주 강해.
그래서

I like your play.
내가 좋아하는
연주였어.
…good!!
That' s good!!
다행이다!!
다행이야…!!

난 지금, 밴드와 헤어진 지
얼마 안 돼서
딱히 누군가와 함께할
예정은 없어.
당신은 나랑
팀을 짜고 싶다고
했는데

그 마음은
지금도
변함없는 거야?

…난

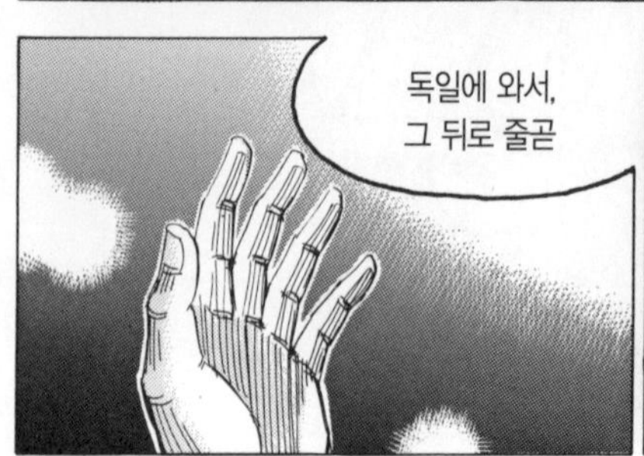
독일에 와서,
그 뒤로 줄곧

혼자서

연주했어.

독일의 몇몇 가게에서
연주해봤지만

계속 혼자였지.

내가
먼저 청하지 않은
탓도 있지만

아무도 나한테 팀을 짜자고
하지 않았어.

15

아무도…
단 한 사람도.

그리고 지금 이렇게
만났지.

부디
나와 한 팀이 되어줬으면 해.

난 당신과 팀을 짜서
먼저 독일에서 최고가 되고

유럽에서
최고가 되고. 그리고 언젠가는

세계 최고의 플레이어가 되고 싶어.

....

....

Ehm···.

Falls ich mich mit ihm zusammentun
würden Sie uns managen?

Ich?

Ja.

Ich überlege es mir.
Vielen Dank.

Hier muss
ich dann.
보리스…
돌아가는
건가?
OK,
machs gut.

보리스,
조심해서 가세요.

조금
걷자.
O, OK….

WEITZ

How's Jazz in Japan?
일본의 재즈는 어때?
Yes.

부우우웅
Dai.

많은 사람들이 연주하고 있어.
리스너도, 플레이어도. 도쿄엔 재즈바도 아주 많아.

내가 있잖아.
당신 말고.

젊은 플레이어는?
있지.

나와 같은 세대의 재즈 플레이어는.
있을 거야. 아마도 있겠지만, 좀처럼 만나보진 못했어.
왜…,

왜
독일에 온 거야?
I have a teacher
선생님이 한 분
계셨는데

He said
그가 나더러
I should go to Germany.
독일에 가는 게
좋겠다고 해서.
흐—음….

그 선생님은
재즈 플레이어?
응.

Is he famous in Japan?
일본에서 유명한
사람인가?
No.

He's great
대단한
jazz player.
재즈 플레이어야.

But he's great.
그래도 대단한 플레이어고
I trust him.
난 선생님을 믿어.

You like Jazz?
재즈는 좋아해?

한나.
?

어째
굉장히
시끌벅적한
곳이네.
여긴
레퍼반이란
곳이야.
Paradise
Point
of
DOLLHOUSE

만약…
만약에 우리가
팀을 짠다면
딱 한 가지
약속해줬으면
하는 게 있어.

약속?
뭔데?
…언제나.

플레이할 때는
언제나 전력을 다해
플레이할 것.
그렇게 약속해줄 수
있어?

OK.
알았어.
I promise.
약속할게.

…뭐지?
사람들이 저렇게나 많이.

이건

'비틀스' 의
조형물이야.

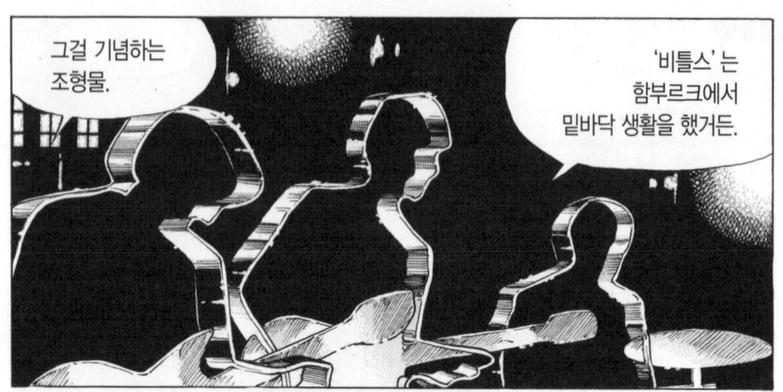

'비틀스' 는
함부르크에서
밑바닥 생활을 했거든.
그걸 기념하는
조형물.

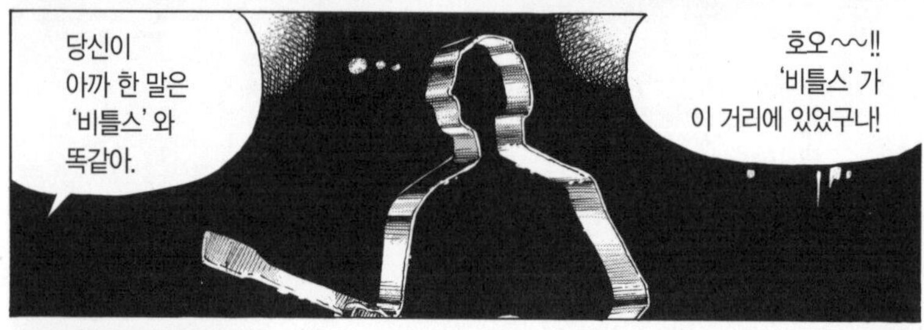

호오~~!!
'비틀스' 가
이 거리에 있었구나!
당신이
아까 한 말은
'비틀스' 와
똑같아.

이 거리에서
시작해

'세계 최고가 되겠다' 라는 말.

그들도 아마
세계 최고가 될 줄은
몰랐을 거야.
두려움도 모르고
무작정 했으니까….
그래서 세계 최고가
된 건지도.

그렇다면…
우리는 훨씬 더
간단하지.
어?

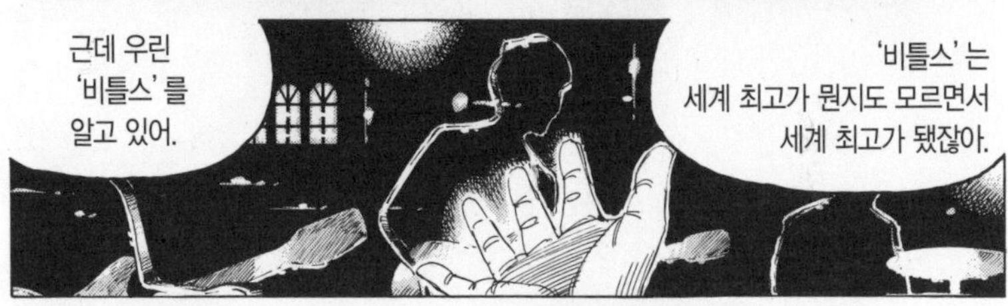
'비틀스' 는
세계 최고가 뭔지도 모르면서
세계 최고가 됐잖아.
근데 우린
'비틀스' 를
알고 있어.

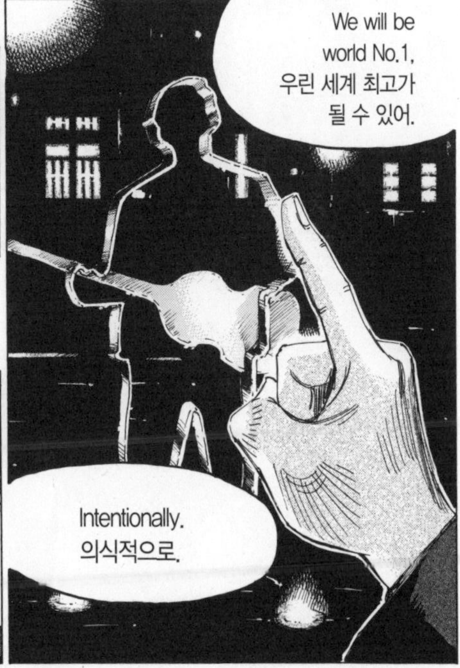
We will be
world No.1,
우린 세계 최고가
될 수 있어.
Intentionally.
의식적으로.

한나.

나와 한 팀이
되어줘―.

LOVE

고마워,
한나.

지금은 베이스와
색소폰뿐이지?
응.
듀오에서부터
스타트.

아아….
?
OLIVE

I feel,
세상이

world is
wide now….
넓어진 것 같아….

Brew Coffee
SYPHON
HOT DRINKS
제18화
MY OLD FLAME

30

31

Abendblatt
Wedder

N.R.E.A
Jazz

34

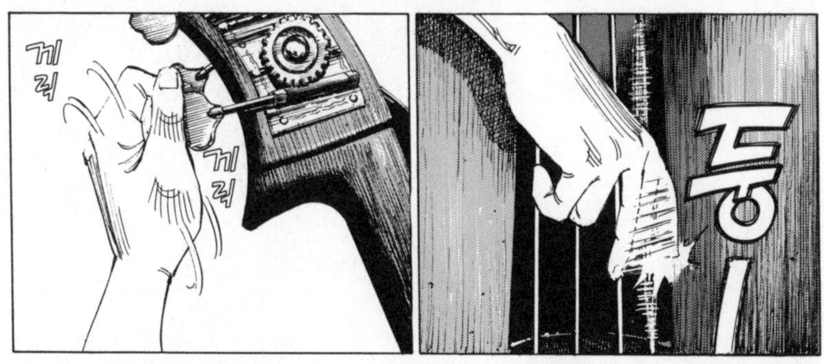
둥ー
끼릭
끼릭

두둥
둥둥

슥
헙..

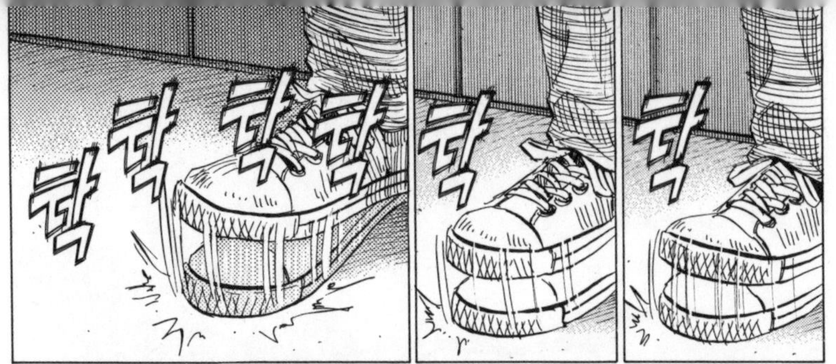
탁
탁
탁
탁
탁
탁

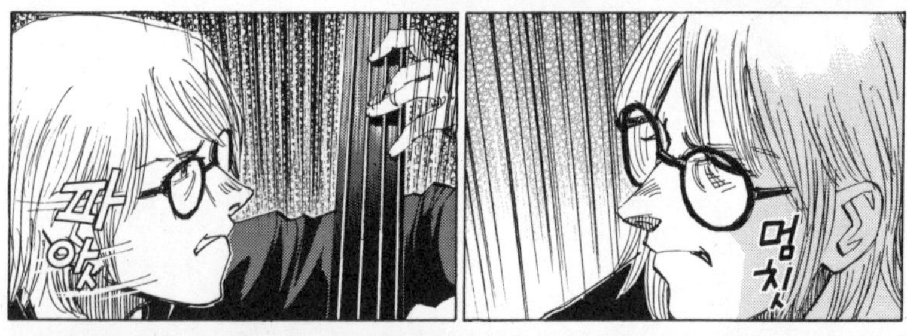
멈칫
파앗

파앗...

끄덕 끄덕

N.A.E

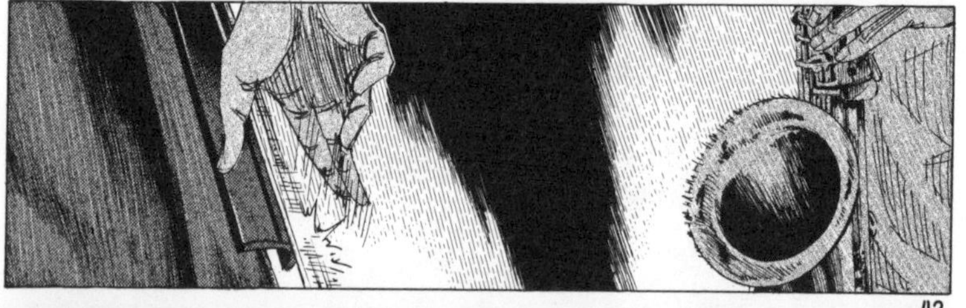

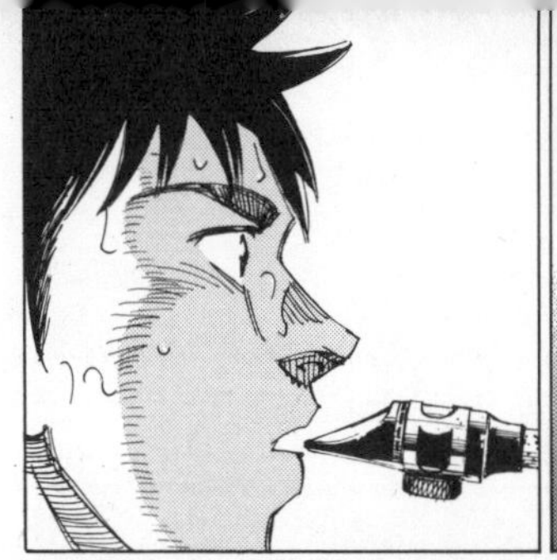

멈칫...

Anna Rriroh Kaffee
Anna Rriroh

꽈악…

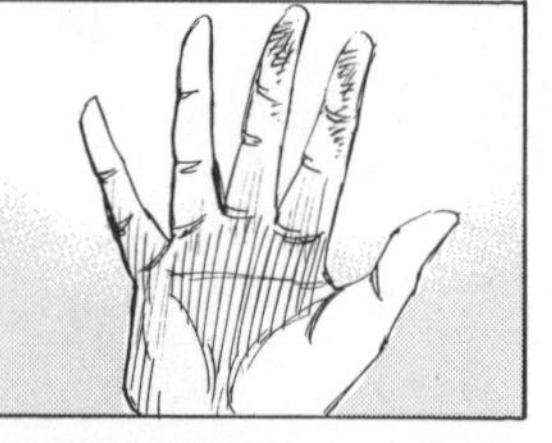

불끈

두둥
둥
빠아

둥둥
빠 빠 빠
빠 빠라
빠라빠

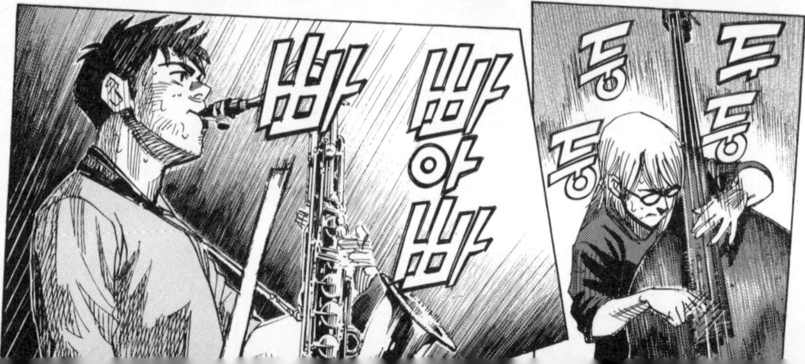

두둥
둥둥
빠아빠
빠

빠ー
둥
빠
두둥

짜악
짜악

끄덕
끄덕

웅
웅

Anna Krirah Kaffee
Anna Krirah

후아..

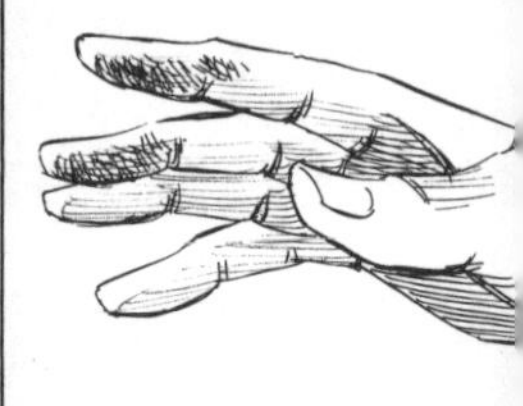

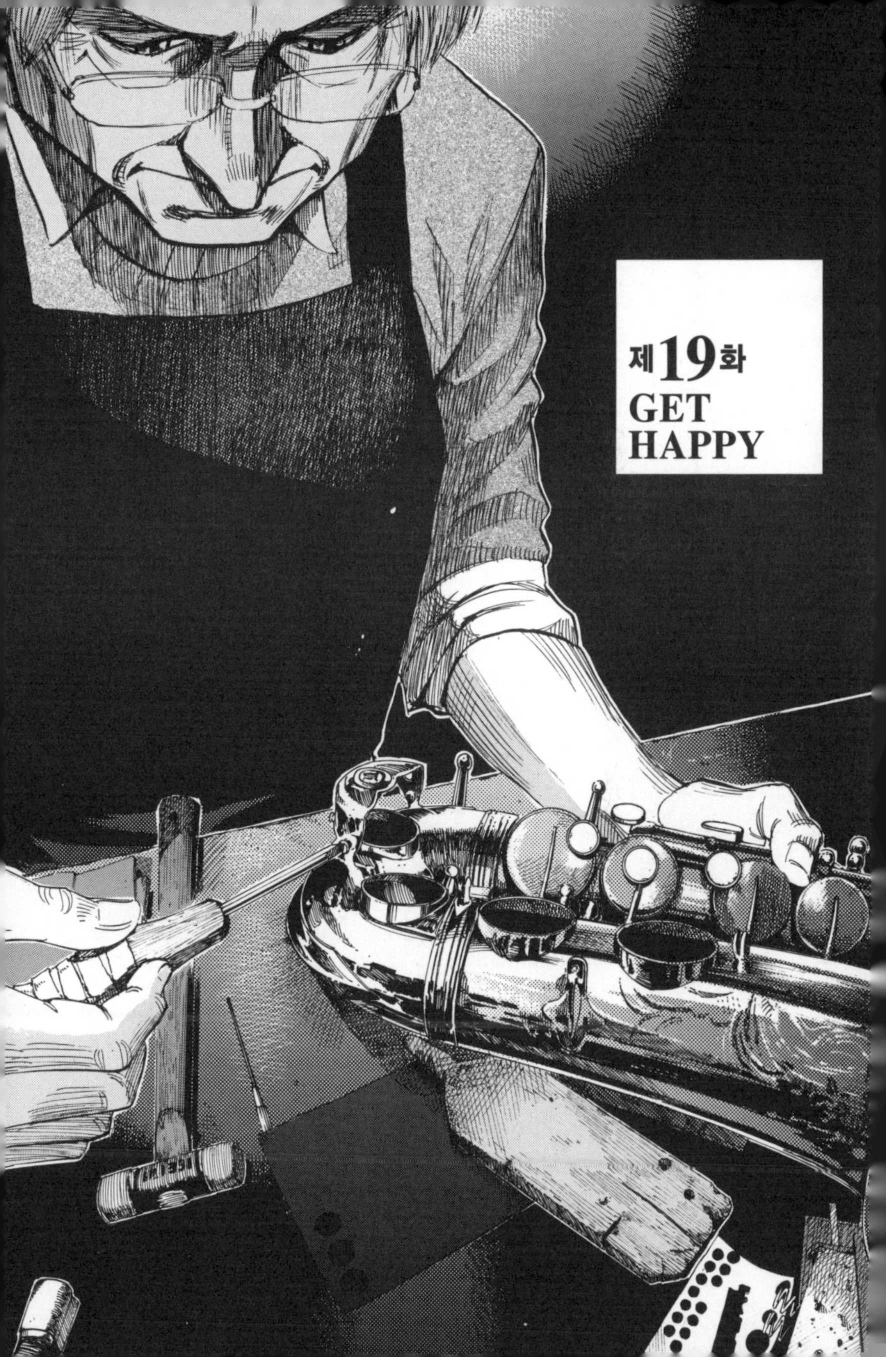
제19화
GET
HAPPY

MUSIC LAND

딸칵
딸칵
딸칵

…………
또아?

템포를 기분에 맡기지 마!!
알았어?!

하지만
솔로 때는 조금쯤….
No!!

아직은 안 돼!!

지금은 템포도, 리듬도 일정하게 맞춰야 한다고!!

하지만, 약간의 변화에 맞추는 것도 중요하니까—.

도대체…

뭐 때문에 다투고 있는 거지?

색소폰과 베이스.
이제 막 팀을 짜서
이 연주실에서
연습하고 있는데…
사흘간 저렇게
주아장천
싸우기만 하고.

They do that
저들은
for what….
뭐 때문에….

3,800.-

안녕하세요.
찰칵

힐끔

괜찮으면
한번
불어보세요.
아… 그래도
되나요?

2,950

물론이죠.
연주실도 있으니까요.

빨라졌어!!

아니.
안 빨라졌어.

뚝 뚝

어?

파
앙

자, 들어가시죠.

하하하하.
죄송합니다….

콰당

어떤가요?

아직은 초심자라
잘 모르겠지만,
좋은 악기인 것 같네요.

근데…

생각 좀 해볼게요.
그러세요?

아니야, 완전히 똑같은 라인을
똑같은 템포로
반복하고 있어!

아니거든?
매번 조금씩 달라!!
소리도, 템포도!!
같은 템포,
같은 프레이즈야.

아니야!!
아니긴
뭐가 아냐!!

Hi.

LAND

으음…
됐다.
도
도
독
독
독

오늘도 격렬하게
연주하고 있군.
아침부터 밤까지 9시간…
매일매일.

저렇게 소리를 내기 위해
만들어진 건데.

탁

이 악기들도
SELMER
5079.-
SELMER
3577.-

Yes?
찰칵
보리스.

한번 들어봐 주셨으면 좋겠어요.
현 시점의 우리의 연주를.
그리고, 매니저 건에 대해 답변해주세요.

?!
매니저…?!
? ? ?

기왕이면 넓은 곳에서 들려주게.
OK. 준비할게요.

응.
한번 들어보지.

시작합니다.

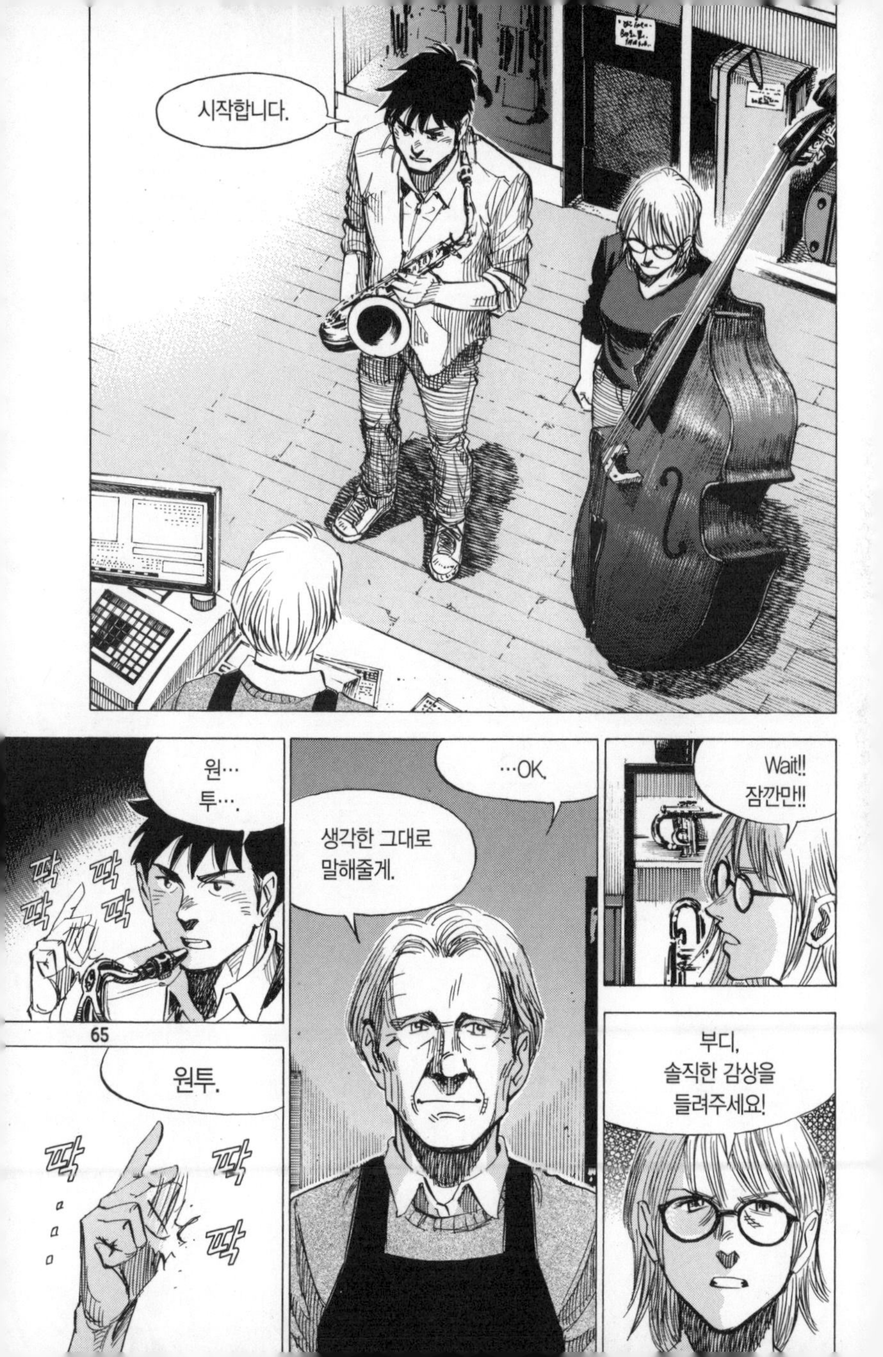

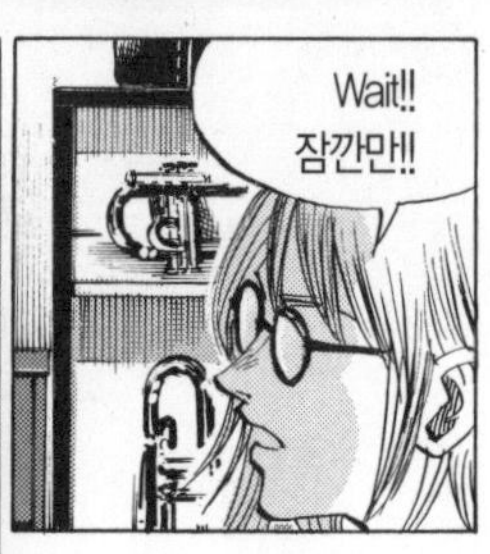
Wait!!
잠깐만!!

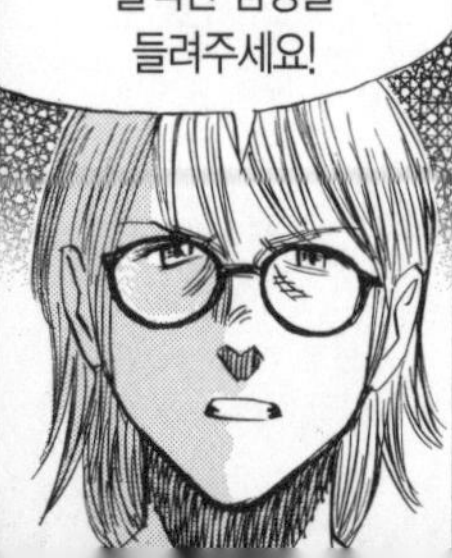
부디,
솔직한 감상을
들려주세요!

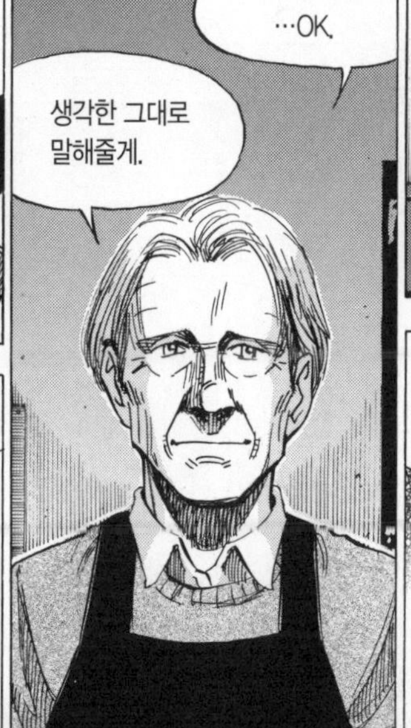
…OK.
생각한 그대로
말해줄게.

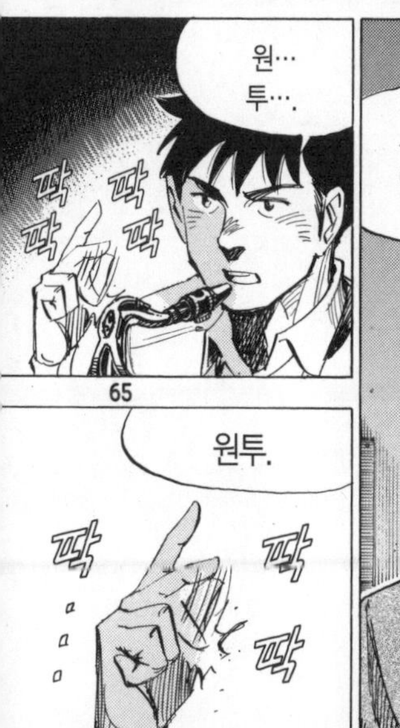
원…
투….
딱 딱 딱 딱
원투.
딱 딱 딱

10.800 €
SERMER
8.399 €

A.SELMER
SELMER

…………

한나.
자네의 베이스는 처음 들어봤는데

굵고 강하고
대단히 격정적인 소리로군.
자네가 좋아하는 베이스 플레이어는?
찰스 싱어스요.
어쩐지. 눈을 감고 들으면 마치 키 큰 남성이 연주하고 있는 듯한
큰 플레이야.

그래서… 저희의 플레이는요?!
아주 훌륭해.
다이, 자네가 그녀를 찾아다닌 이유를 알겠네.

20% 훌륭해.
오오~~….

이번엔 내가 질문하겠는데, 자네들은 향후에 대해 뭔가 논의한 게 있나?
네.
서로 딱 맞아들었을 때는 훌륭해. 그게 20%야.
?! …20%?

저희의 소리가 좀 더 합쳐지면

다른 멤버를 찾아보려고 해요.

피아노랑 드럼을.

이 함부르크에서 찾을 수 있을 것 같나?

제가 알고 있는 한은 아무도….

그렇다면
베를린으로 가야지.
베를린?

OK. 알았어요.
O… 아…
OK?! 알았다고?!

베를린은 대도시야, 다이.
아니… 그게 아니라, 저기… 저는 지금…

독일에 온 뒤로 지금, 제일 돈이 없어서
멀리 가는 건 좀….

그렇다면…

당분간 함부르크에서 돈 벌 방법을 나도 알아보겠네.

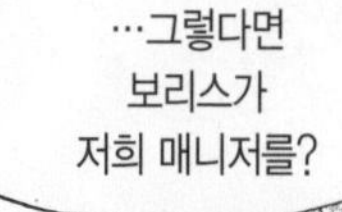
…그렇다면 보리스가 저희 매니저를?

그건 좀 더 생각해 봐야겠어.
JAZZ

연주를 들어줘서
고마워요, 보리스.
우린
아직
이제부터 시작이다,
라는 느낌이
여실히 드네요.

찰칵
안녕하세요.
안녕하세요.

저어…
어제 그 색소폰 좀
봐도 될까요?
물론이죠.
…괜찮으시면
이 친구가 부는 소릴
한번 들어보실래요?
?

이 색소폰 소리 좀
들려드리지
않겠나?
어렵지 않고,
심플한
블루스로.
다이, 저분은 이 악기를
살까 말까
고민하고 계신데.

척

OK.

그럼
지불은?
카드로
할게요.

놀랍네요….
이 악기에서
그런 소리가
나다니.

나도
낼 수 있을까…?

틀림없이
낼 수 있을 겁니다.

삐비비빅
삐비비빅
6:30
알람
다시 알림
삐비비빅
삐비비빅

삐비비빅
삐비비빅
삐비비빅
삐비비빅

어?

D!!

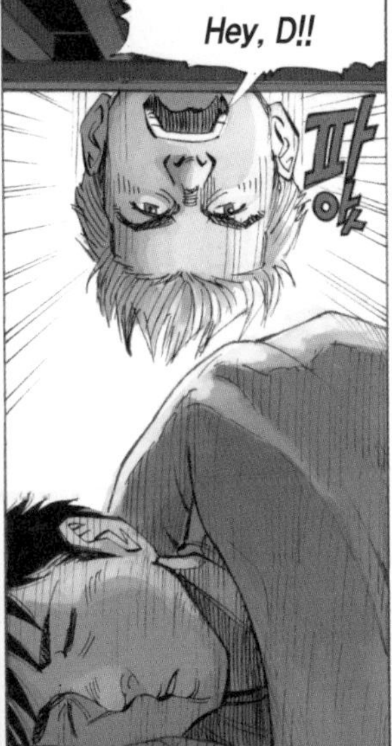
Hey, D!!
파악

Stop the alarm, man!!
제발 알람 좀 꺼!!
삐비비빅
삐비비빅
삐비비빅
삐비비빅

제20화
NATURE
BOY

근데 그 알람 소리를
못 듣다니!!
D도
음악하고 있다면서?!

I know….
미안해….
미리 말해두는데,
난 네 알람이
아니라고.

여어, 잘 잤어?
D!!
Hi.
Can I borrow
some money?
돈 좀 꿔주지 않을래?

존 콜트레인의 알람이라면
벌떡 일어날 텐데.

뭐?
?
?
?

?

No, no!!
I have no
money!!
뭐야~~.
그럼 다음번에는
꼭 부탁해.

No, no!!
무리예요!!
I' m empty now.
빈털터리라서.

That' s it?!
그게 다야?!
Yes!

그래서,
오늘도 갈 거야?
연습하러.
흐—음….

악기는 날마다
불어주지 않으면
안 되니까.
가야지.

지금은 정말로
돈이 없거든.
그 정도로
충분하겠어?

흐—음….
Hey, D!!

나 오늘
좀 멀리 나가는데
Can I borrow some money?
돈 좀 꿔주지 않을래?
No!!
I have no money.
땡전 한 푼도 없어서.

아하하하하,
다음번엔 꼭 좀 부탁해—.
나 원
참….

?
오케이.
시윽..
이제 가봐야겠다.
그럼 안녕, 에릭.
Good bye,
D.

Wait!!
잠깐만!!
알았다!!

83

… '알았다' ?

방금 '잠깐만!!' 이라고
할 타이밍인 걸
알았다고.

Little by little,
I understand you, I think.
조금씩…
네가 이해되기
시작한 것 같아.

끼익

됐어, 흐름이
내 쪽으로 넘어왔다!!

아—아.

Hi.

아, 마침 잘됐네. D,
지금 계속 지고 있는
참인데.

돈 좀 꿔주라.

아니—.

무리야.

너도 낄래?
아니….

난 이만 자야겠어.
잘 자.

OK.
잘 자, D.

악기 연주라는 게
저렇게 피곤한 건가…?

Good night, D!! 다음번엔 꼭 꿔줘!!

그건 도대체 뭐야?
뭐가…?

D만 보면 다들 '돈 좀 꿔줘' 라고 하는데….

하하하…. 그냥 놀리는 거야. 미스터 ATM을.

예전에 여기에 묵었던
알프레도라는
이탈리아인.
에릭 넌
모르나?
미스터 AT…
그게 뭔데?

알프레도가 여길
떠나던 날 아침…
그놈은 카페에서
아침 식사 중인 사람들에게
이렇게 말하기 시작했어.

알프레도?
그게 누군데?

역시
모르는구나.
뭐, 그건 됐어.

할머니한테
선물 사갈
돈이 없는데
50유로만 꿔주면
안 될까?

I can't.
못 꿔줘.
sorry.
미안.
..
....
그건 아직 안 정했어.
뭘 사려고?

What?
여어, 친구. 돈 좀 꿔주면 안 될까?
그놈은 카페에 있는 인간들 모두에게 돈을 뜯어내기 시작했는데…

그런데…

안녕, 알프레도.

Hey, D.

그놈의 말을 진지하게 받아들이는 사람은 당연히 없었어.

애당초 돈이 필요하다면 자기 물건이라도 팔면 되는 거니까.

돈 좀 꿔줬으면 좋겠는데.
도, 돈…?
얼마나?

50유로.
할머니한테 선물을 사가고 싶어서.
50?!
선물?!

으음―….
솔직히 카페에 있는 모든 이들이 내심
'D, 안 돼!!' 라고 생각했을 거야.

I pay you back… 꼭 갚을 테니까
please. 부탁 좀 할게.

I don't have…
50유로는
50euro now.
지금 없어.

그 대답에…
카페에 있는
전원이 휴우, 하고
안도한 것도 잠시.

Wait please.
잠깐만 기다려봐.

그렇게
말하더니

거리로 나가
ATM에서 50유로를
인출해

알프레도에게
넘겨준 거야.

그 이후로
D는 사람들한테 '돈 좀 꿔줘' 라고 놀림을 받고 있어.

으―음….
근데 D는 어째서 50유로를 꿔준 걸까?
글쎄? 심한 호구거나, 일본인의 특성이겠지….

…………
자, 도로 게임으로 돌아가자.
내가 선이지?

HB HOSTEL
아니, 아직은 내가 선이야.

그럼 안녕.

HB HOS

후아암——…

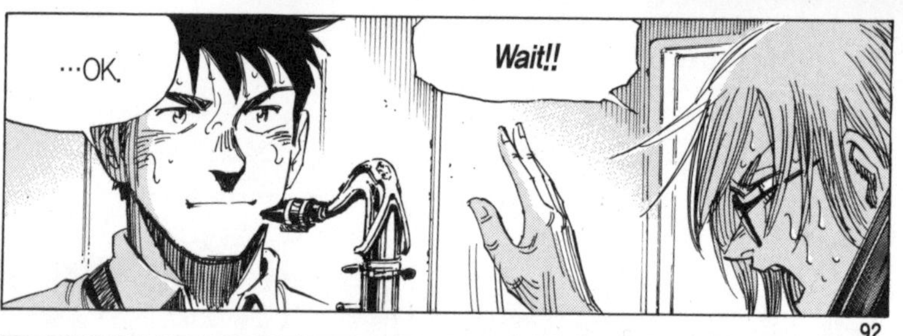
Wait!!
…OK.

92

이렇게 날마다
연습하고 있는데도
우리의 소리는…
뭔가 되게
안 맞아!
당신은 자신을 바꿔볼 생각이…
뭔가를 크게 바꿔봐야겠다는
생각이 안 들어?!

I,
나는

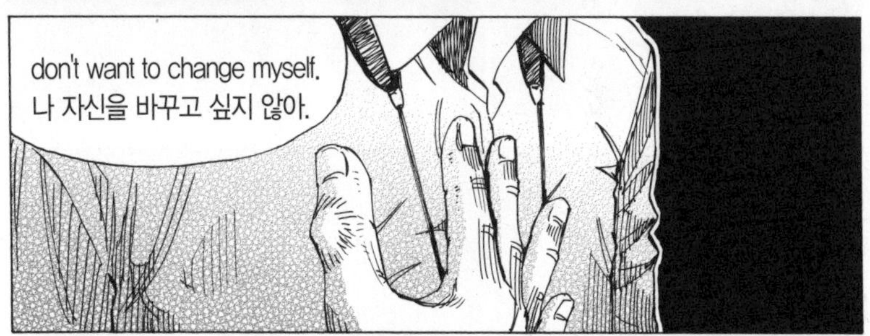
don't want to change myself.
나 자신을 바꾸고 싶지 않아.

I am I,
나는 나고
You are you.
한나는 한나니까.

94

나 내일
함부르크를 떠나.

Hey, D.
예스.

…그래?
에릭은 어디로
갈 거야?
영국으로
건너가려고.

95

이봐, D.
뭐 하나만 물어봐도 돼?
뭔데?

너랑 좀 더
얘길 나눠보고
싶었는데
네가 워낙
매일 바빠서.

Sorry.

너는 왜
그 이탈리아인한테 50유로를 꿔준 거야?

…………
…………
난… 꿔줄 수 있었으니까.

하지만 넌 항상 돈이 없다고 말하고 다니잖아.

그 돈이 안 돌아오면 넌 그를 원망하겠지?

아니면, 그냥 줘버린 걸로 치부하고 있나?

그때는 아직 간신히 꿔줄 수 있었거든.

…아니, 원망도 안 하고, 줬다고도 생각지 않아.

그러니까 만약에 내가
알프레도가 사는 도시에
갔을 때

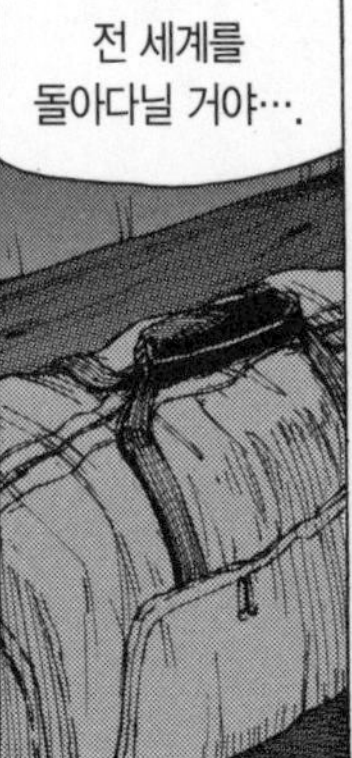
전 세계를
돌아다닐 거야….

난…
재즈 플레이어로서
온 유럽을…

그가
내 라이브 티켓을
사준다면…
그런 일이 있으면
참 좋겠다,
라고 생각해….

그래?
그렇다면 나도
널 다시 만날 수
있겠구나.

…………

Yes.
물론이지.

I' ll be world No.1 jazz player.
난 세계 최고의
재즈 플레이어가 될 거니까.

휴우──……

웅성
웅성
웅성
웅성

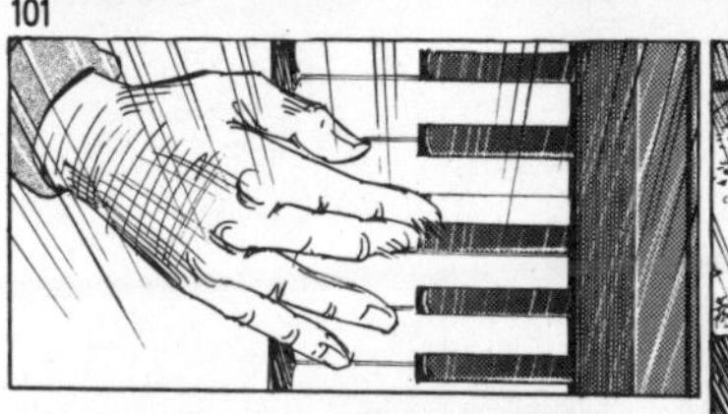

오오~~…!

제21화
SMILE
이 근방 정도면
되지 않을까?

허가는 관청에서
들은 대로
한 장소에서
할 수 있는 건 약 1시간.
근처 가게에서
클레임이 들어오면 중단할 것.
알았지?
O, OK.

자, 그럼 난 가게로
돌아가야겠네.
Yes.

Good luck, D.
행운을 비네, D.
고마워요,
보리스.

슥...

센다이
길가에서
불어본 적은
있다.
하지만
돈을 벌기
위한 게
아니었지.

내가 과연
독일
거리에서
후욱ㅡ
빙글
빙글
후욱ㅡ..
빙글
빙글
통할까?!

착..
누구 하나
아는 이
없는
함부르크
사람들…!!
두근
두근…

딸칵
딸칵
딸칵…

여기서 부는 건 돈을 벌기 위해.
오후 1시.
그걸 위해 부는 거다.

주어진 시간은 약 1시간.
우선은 스케일로 워밍업부터.

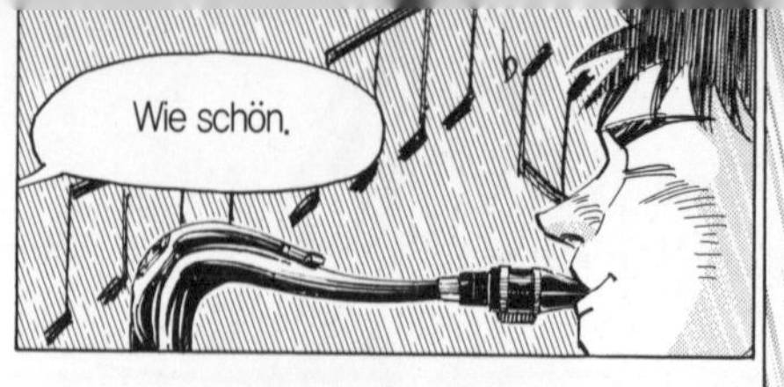
Wie schön.

Danke für die tolle Musik.

짤그랑…

어…?

아직 워밍업밖에 안 했는데?!
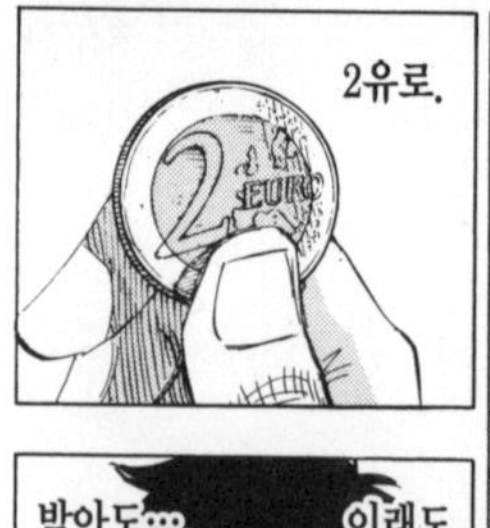
2유로.

받아도…。
이래도 되나…?

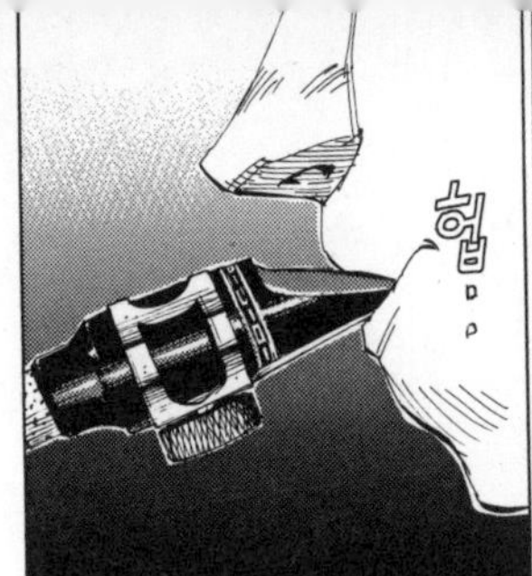

빠바빰—
빠—
빠빠바빰
빠빠—

!!…

넣어준다!!

오옷.

또….

우앗.

또야!!

이렇게….

아직
몇 분밖에
안 지났는데….

헉
헉
헉
파앗

짝 짝
짝 짝 짝
Danke Schön!
Danke!!
꾸벅 꾸벅

……!!
스윽
고작 한 곡 분 것만으로….

빠빠 빠빠
빠라 빠빰

최선을
다해…
최선을 다해
불자.

힘차고,
스피드도 빠르고,
프레이즈도 많다.
하지만…
달라.
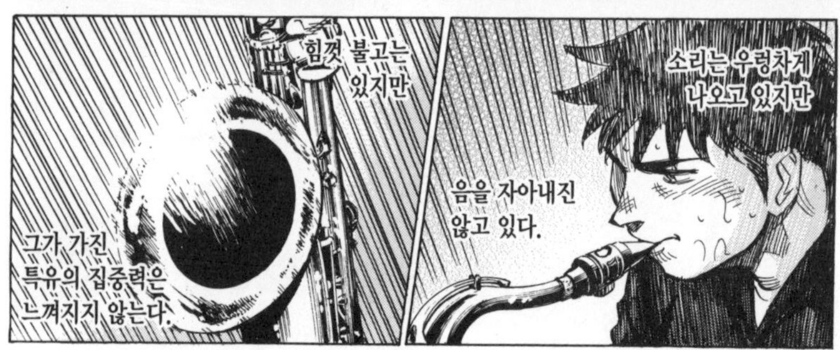
소리는 우렁차게
나오고 있지만
음을 자아내진
않고 있다.
힘껏 불고는
있지만
그가 가진
특유의 집중력은
느껴지지 않는다.

이건 그의 진짜
플레이가 아니야….
데—엥!
데—엥!

You did it.
성공적이네.
얼마나
들어온
걸까…?

이렇게나
많이….

You like it?
잘은 모르겠지만…
많이.

How much
you made?
얼마나 벌었어?
한나….

많이
놀랐어.
철그럭

어?!
You like to play on the street?
거리에서 부는 것, 맘에 드냐고.

독일 사람들은 거리의 음악가들에게 친절하구나.
도쿄에선 이렇게 많이 안 주는데.

매주 나와서 하면 아파트에서도 살 수 있지 않을까?
그건 아니야.

This way is easy. No….
이 길은 쉬워. 아니….
Too easy.
너무 쉬워.

?

It's not…
이건
my style.
내 스타일이 아니야.
………….
What's your style?
당신 스타일이라니?
만약 이 일을
계속하면
틀림없이

내 소리도
쉬워지고 말 거야.

I like hard sound.
난 하드한 소리가 좋아.
Very very hard.
아주 아주 하드한 소리.
척

For that
그러기 위해선
I want to go
hard way, always.
언제든지 하드하게 살아야 해.

So…
그러니까
I quit.
이걸로 끝.

I don't do this anymore.
거리에선 더 이상
안 할 거야.
…………

D….
우리 집으로 가자.

들려주고 싶은
CD가 있어.

?!
한나네…
집?!

들어와.

실례 합니다….

커피? 홍차?
커피 줘.

되게 산뜻하다고 해야 할지…
남자가 사는 방 같기도 하고….

자.
고마워.
그런데, 그 CD라는 건….
이거야.
새로 나온 독일 재즈 그룹
CD.

독일….
응.
베를린 출신의
5인조.
전원 20대.

독일 레이블에서
최근에 발매되었고
지금 굉장히
주목받고 있는
그룹이야.
mohren 5

…………
빽

....
빠빠빠빠
라라
빠빠

흘끔..

…어때?
위-잉

으응….
이 밴드…
괜찮네.

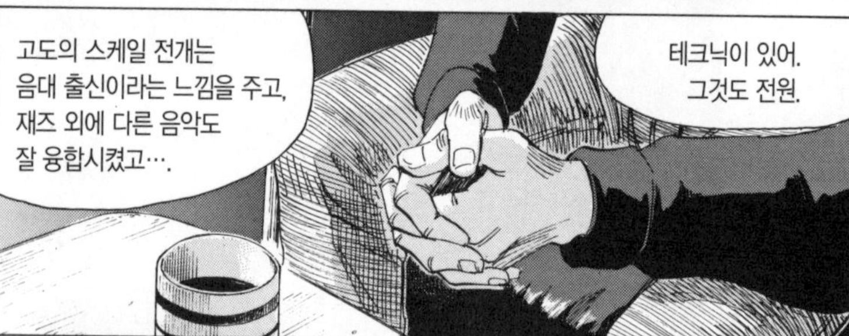
테크닉이 있어.
그것도 전원.
고도의 스케일 전개는
음대 출신이라는 느낌을 주고,
재즈 외에 다른 음악도
잘 융합시켰고….

120

어떻게
이런 일체감을
끌어낸 걸까…?

내가 전에 있던
밴드야.

!!

…………

갑자기 잘렸어.

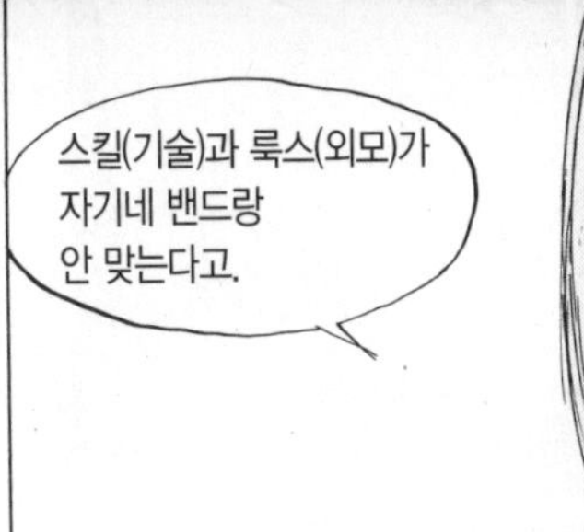
스킬(기술)과 룩스(외모)가
자기네 밴드랑
안 맞는다고.

Not good enouth.
실력부족이지.
…What?

실력이 대단하면
그런 소리 안 들어.

…………
그래서

121

난 집에 와서도
연습하고 있어.

담요?

파야

두둥
둥
?

두둥
두둥
두둥
두두둥
두둥
둥
둥
둥
둥
둥
둥
두두두둥
둥
둥

빼꼼
아하하하하
하하하하하
두두둥
둥
둥
두둥
두둥

아하하
하하하
키득
키득

Hey, Boris. I need your help.
보리스, 부탁할 게 있어요.

Help?
부탁?
We need to play live.
우린 라이브로 연주를 해볼 필요가 있어요.

Isn't it
그건
too early?
너무 이르지 않나?
I don't know. But
그건 잘 모르겠어요. 하지만
we need to pass the test.
테스트를 받아봐야죠.

Only practice
연습만 해서는
we move slow.
전진할 수가 없으니까.

제22화
SKY HIGH
HÜLLER
JAZZ
HOUSE
HÜLLER JAZZ HOUSE
JAZZ

1960년대 이후의
레코드는 변변히
듣지도 않아.

솔직히 말해
난 전혀 안 들어.

그래?
그렇다면
요즘 재즈판에도
제법 괜찮은 플레이어들이
있으니까.
그건
손해 보는 짓이죠.

요즘 아티스트들 중에
'마일스' 나 '리' 보다
더 잘 나가는 녀석이
있나?
그런 게 아니야.
요즘 녀석들은 결국 뭔가가
빠져있다는 뜻이지.
카리스마든, 기술이든,
여하튼 뭔가가
부족해.
황금기 재즈와
비교하며
재즈는 죽었다고
여기는 사람의
전형이시네요.

그건 아니에요.
역시 뵈메 씨가 듣는 귀가 없으신 모양이네.
비단 나뿐만이 아니라 세간의 일반적인 의견이라고 보는데?
이봐이봐, 라이브 시작하기도 전에 너무 앞서 나가지 마.
슥

오늘은 함부르크 안팎에서 일부러 모여 줘서 고맙네.
미리 고지했듯이, 젊은 듀오의 첫 라이브야.

난 그들의 소리가 특별한 것 같다는 생각이 들기 시작했다네.
그 옛날 훌륭했던 재즈 시대가 느껴지기도 하고.
과연 내 귀가 믿을 만한 것인지 아닌지 알려주었으면 좋겠어.

곧 시작이네.
오케이!!
딸칵
딸칵
딸칵
두-둥

다이는 긴장 안 돼?
어?

긴장?
되지.

…………
딸칵
딸칵
딸칵

아, 역시 안 되네.
두근두근
설레긴 해도.

한나는?
긴장돼?
오늘은…
긴장돼.

다이랑 하는
첫 라이브….
심지어 달랑 둘이서
남들 앞에 서보기도
처음이고.

여기 와있는 사람들이
누군지 알아?
평론가며 레이블 쪽 사람들…
음악계의 중진들이야.
실패하면 그 즉시
소문이 쫙 나서
아무도 돌아봐주지 않게 돼.

온통 처음투성이인,
결코 실패할 수 없는 라이브….
난…
긴장돼.

찰칵
시간 다 됐는데,
준비는 어때?

OK!
손님들은요?

그럼 앞으로 5분 후에
시작이다.
OK.

전원 다 왔어.
다들
기대하고 있지.

....
한나.

OK.
걱정 마.
We' re OK.
우린 괜찮을 거야.

가자.

?!
색소폰….

동양인이잖아?!

이쪽은 이쪽대로
또 굉장히…

덩치가 작은
여자 베이시스트!!

분명 이 사람들이
보리스가 불러온
중진들….

안쪽에는 우연히
이 가게에 와있는
일반 손님들….

우리 둘의
연주를 들으러….
실패는
할 수 없어…!!
Guten Abend!
안녕하세요!

Thank you for…
와주셔서
coming tonight!!
감사합니다!!

?

I'm from Japan.
전 일본에서 왔습니다.
But I'm not Ninja!!
하지만
닌자는 아니에요!!

키득…
키득
키득

I'm
저는
professional
sax player.
프로 색소폰
주자입니다.

She is Hannah Peters.
이쪽은 한나 페터스.

She is very special
그녀는 매우 특별한

professional bass player.
프로 베이스 주자죠.

Please enjoy tonight!!
모쪼록 즐겁게
들어주십시오!!
음악계 인사들을
불러들인 건
내 독단이지만…

실수가 아니었다는
확신을 안겨주게.

한나.
OK?
…OK.

원…
투…
딱
딱
딱
딱
원.
투.
척…

!!

어?!!
내가 틀렸다!!!

심지어 별것도
아닌 데서…!!

맙소사?! 내가 또 틀렸잖아!!
연습 때는 한 번도 틀린 적 없는 대목에서….

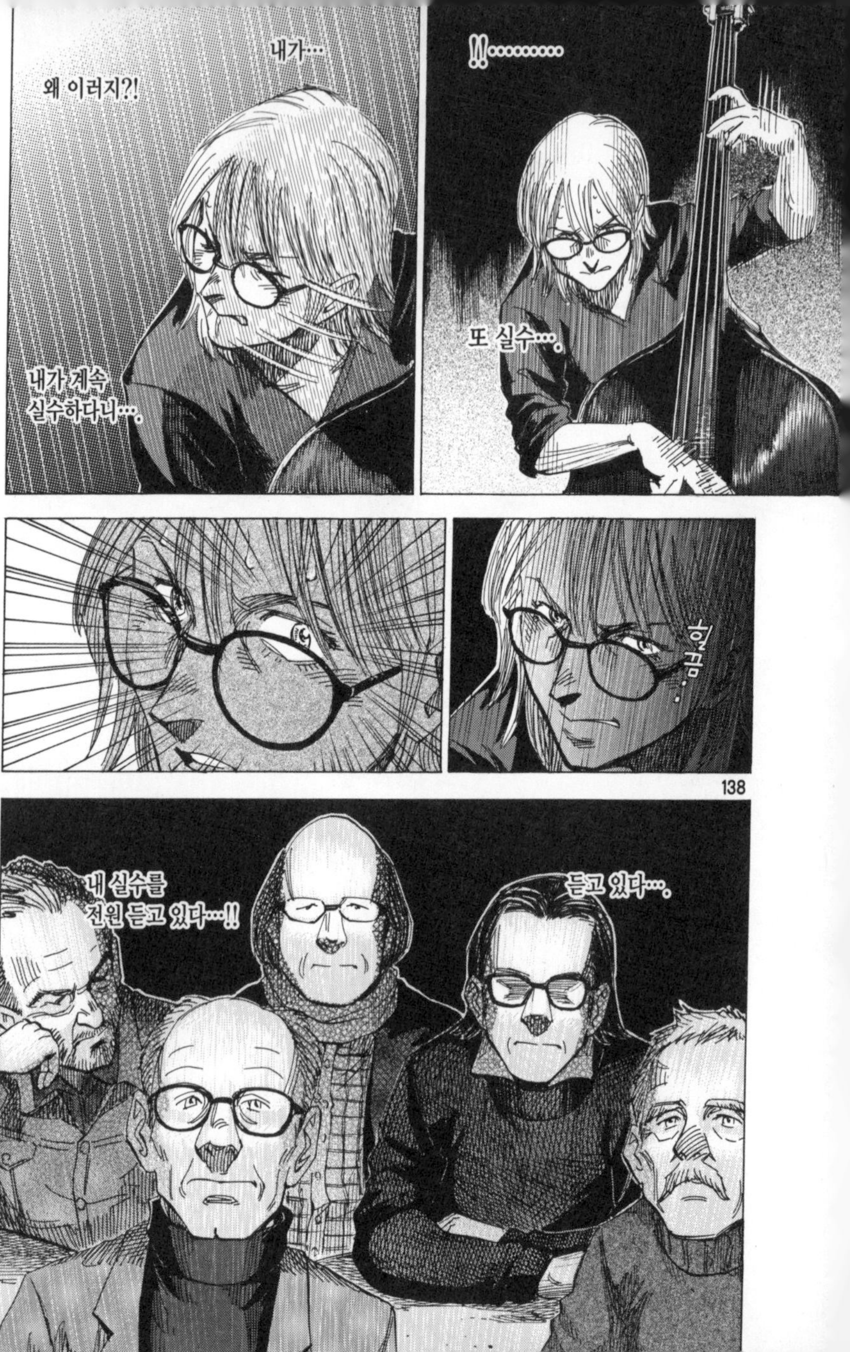

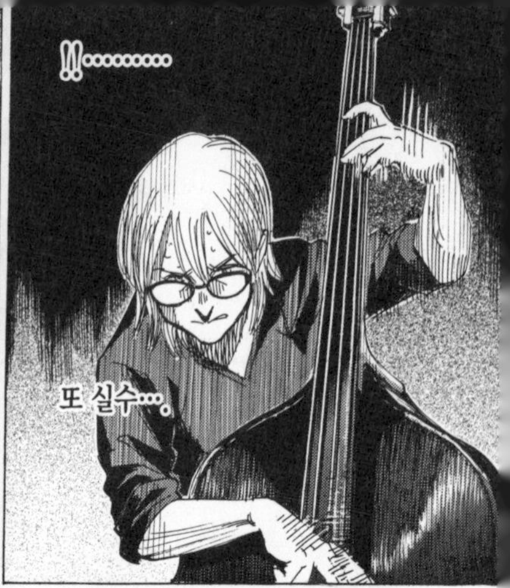
!!…………
또 실수….

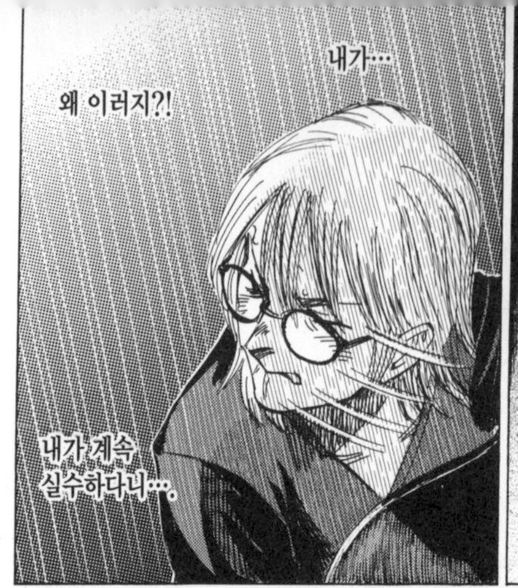
내가…
왜 이러지?!
내가 계속
실수하다니….

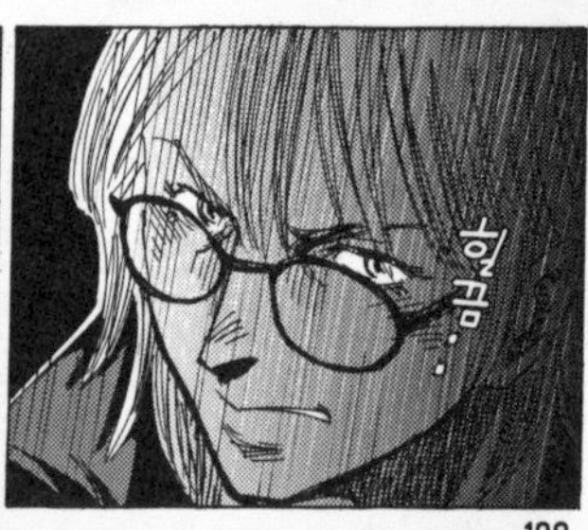
힐끔…

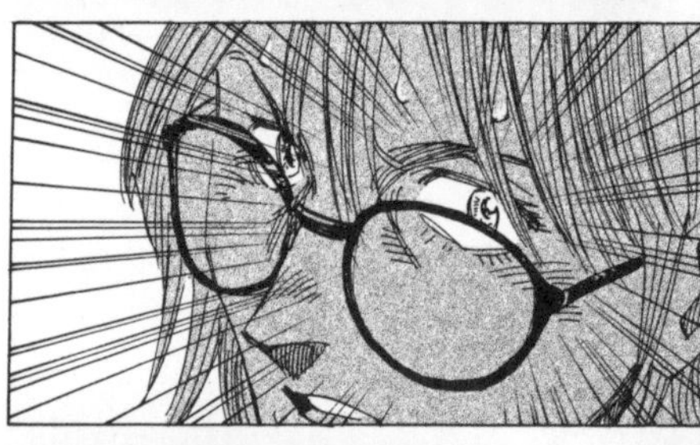

듣고 있다….

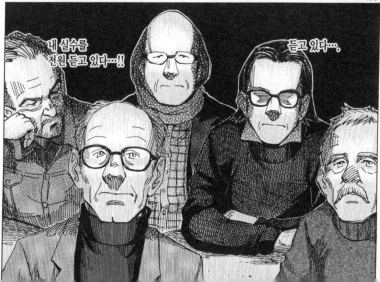

내 실수를
전원 듣고 있다…!!

이젠 악기점도
접어야겠다는
생각까지 하고 있었어.
자네들을
만나기 전까진…

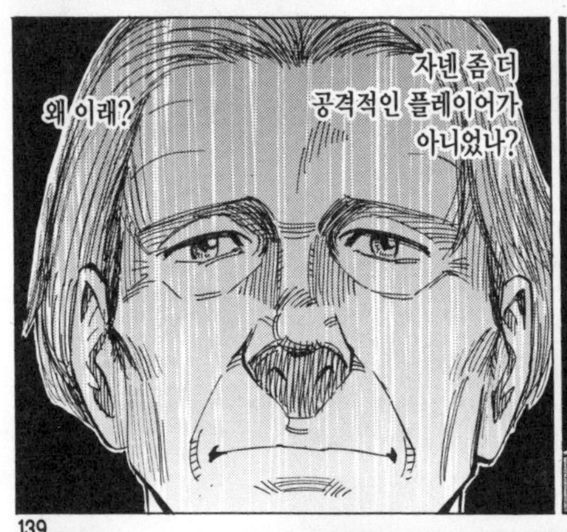
자넨 좀 더
공격적인 플레이어가
아니었나?
왜 이래?

근데
왜 그러는 거야,
한나?

내가—
뭘 하고 있는 거지?!
Hannah!!

We up
같이

together.
올라가자.

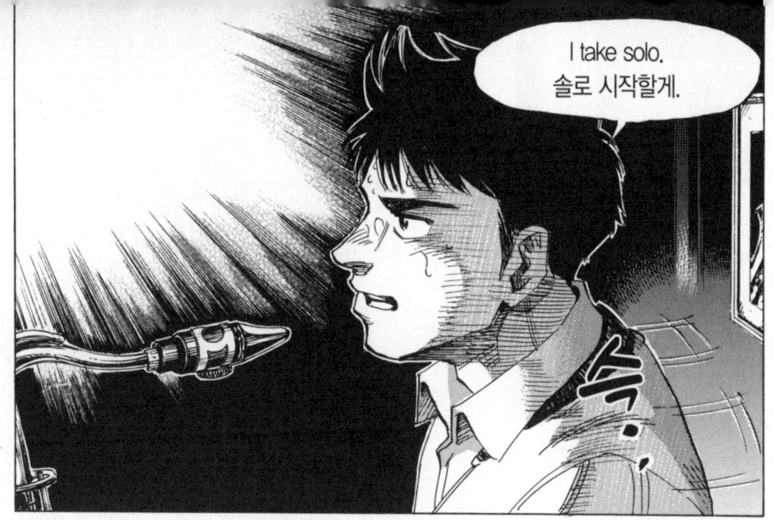
I take solo.
솔로 시작할게.
슥..

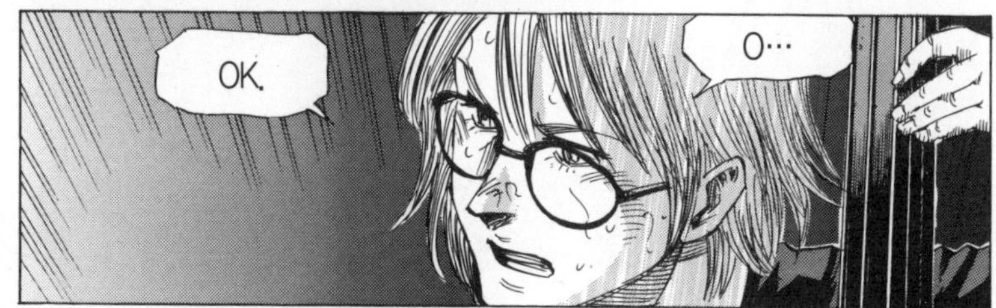
O…
OK.

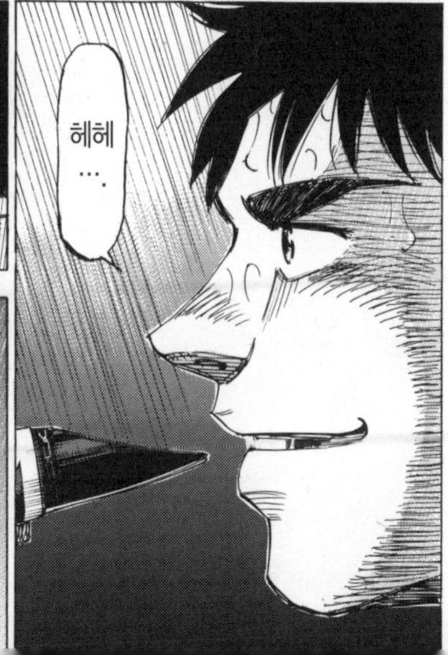
헤헤
….

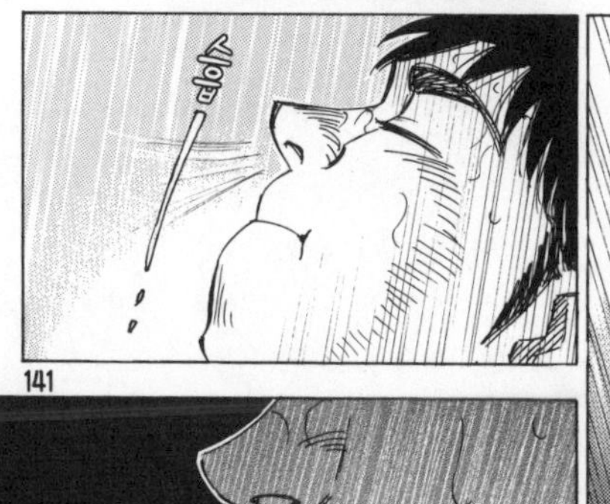
스읍

141

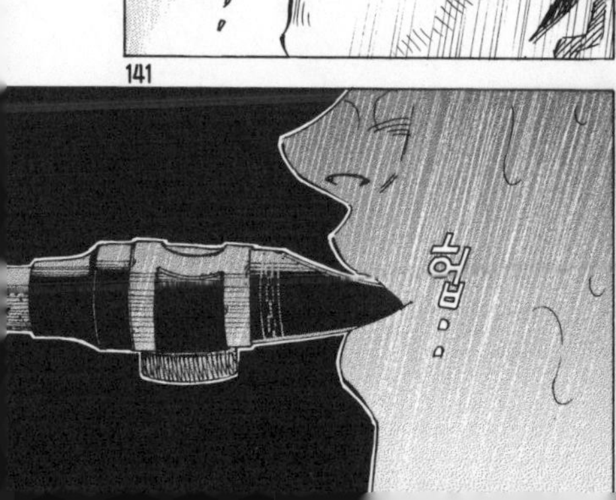
헙..

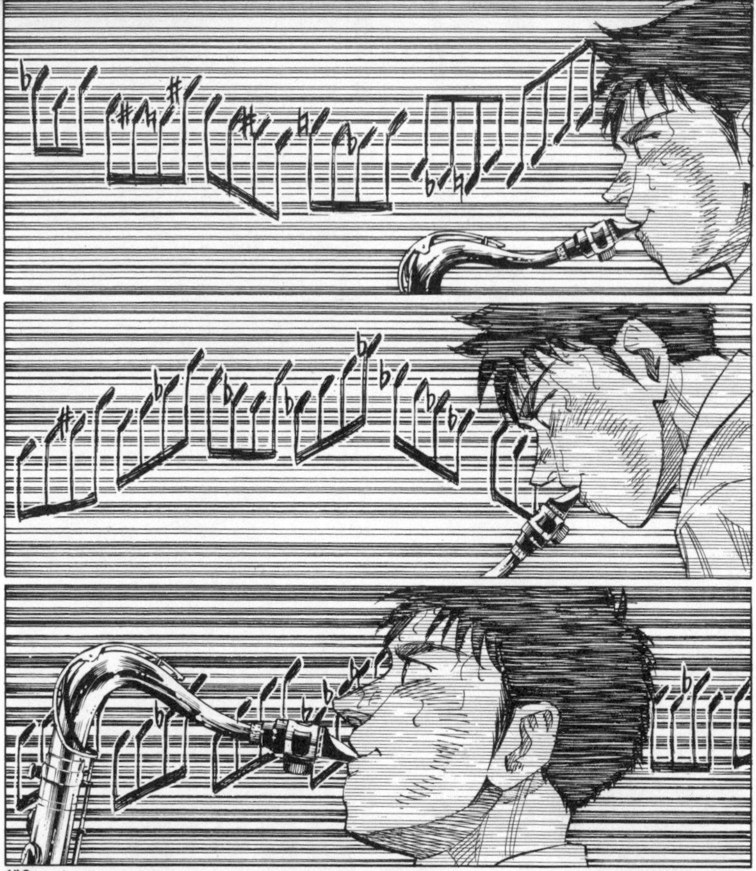

연습할 때와
전혀 다르다….
마치

딴 사람 같아.

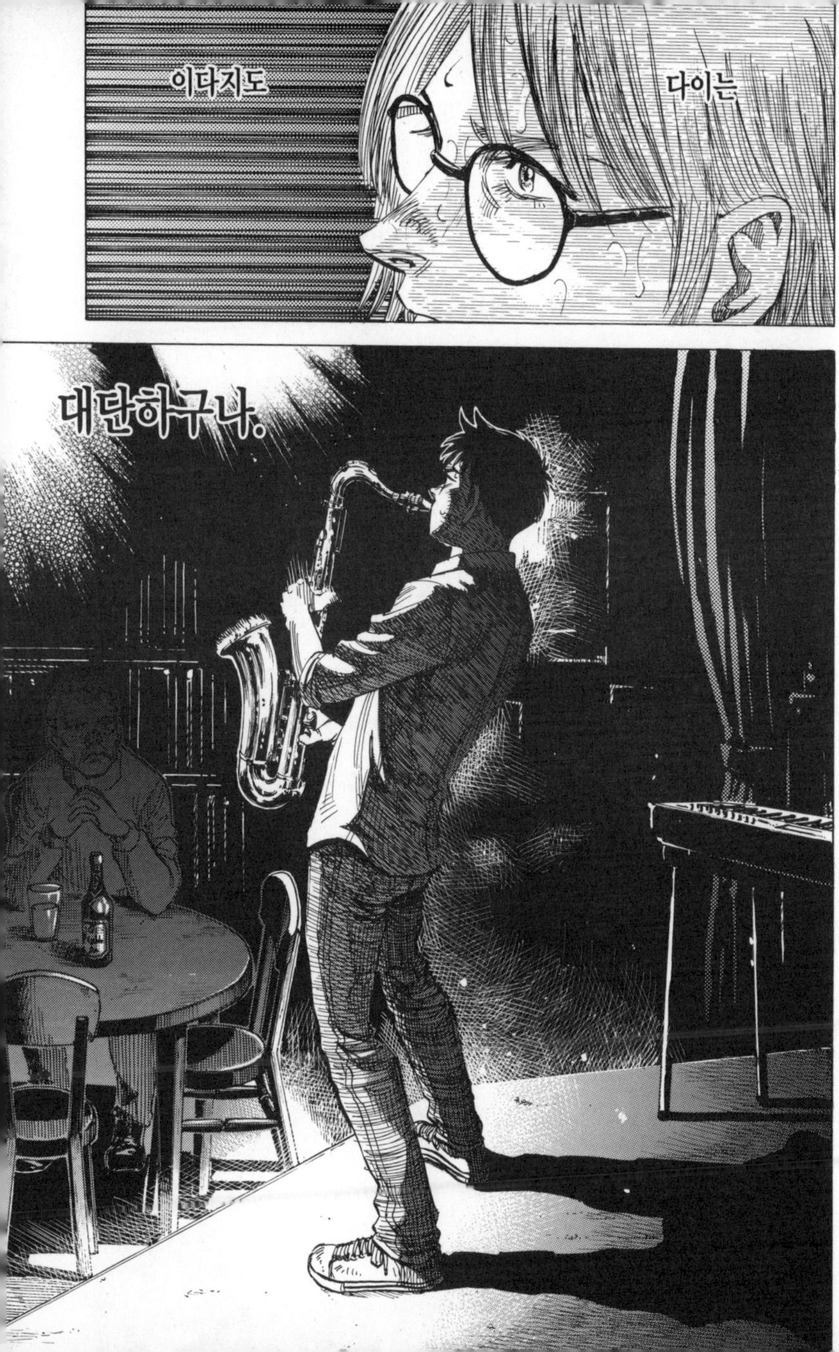

대단하구나.

아무래도
내가—

큰 착각을
했나 보군.

난 영락없이
자네들이
내 보물을…

내가
사랑했던 시절의
음악을 계승해줄…

내가 소중히
아껴온 소리의…
배턴을
넘겨줄 수 있는
청년들인 줄
알았는데…

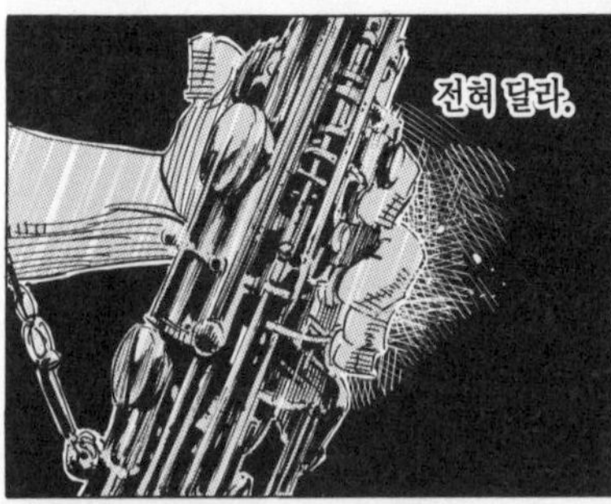
전혀 달라.

자네들이
연주하는 음악은

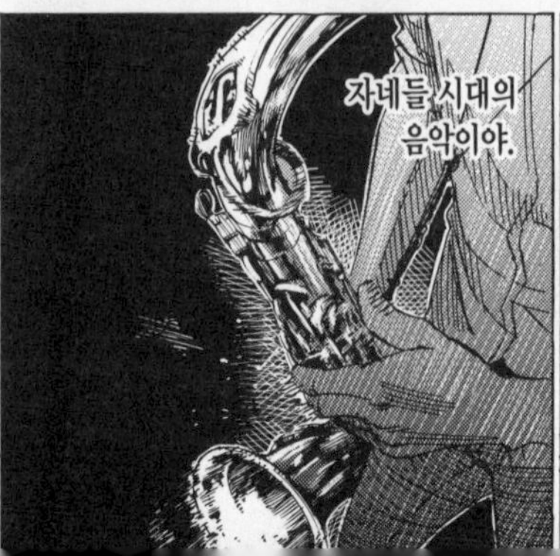
자네들 시대의
음악이야.

언제나

새롭게
들리는 거야.

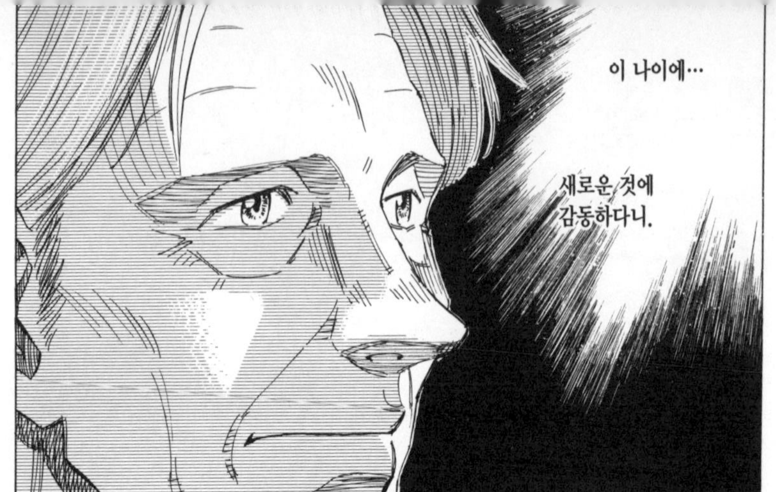
이 나이에…
새로운 것에
감동하다니.

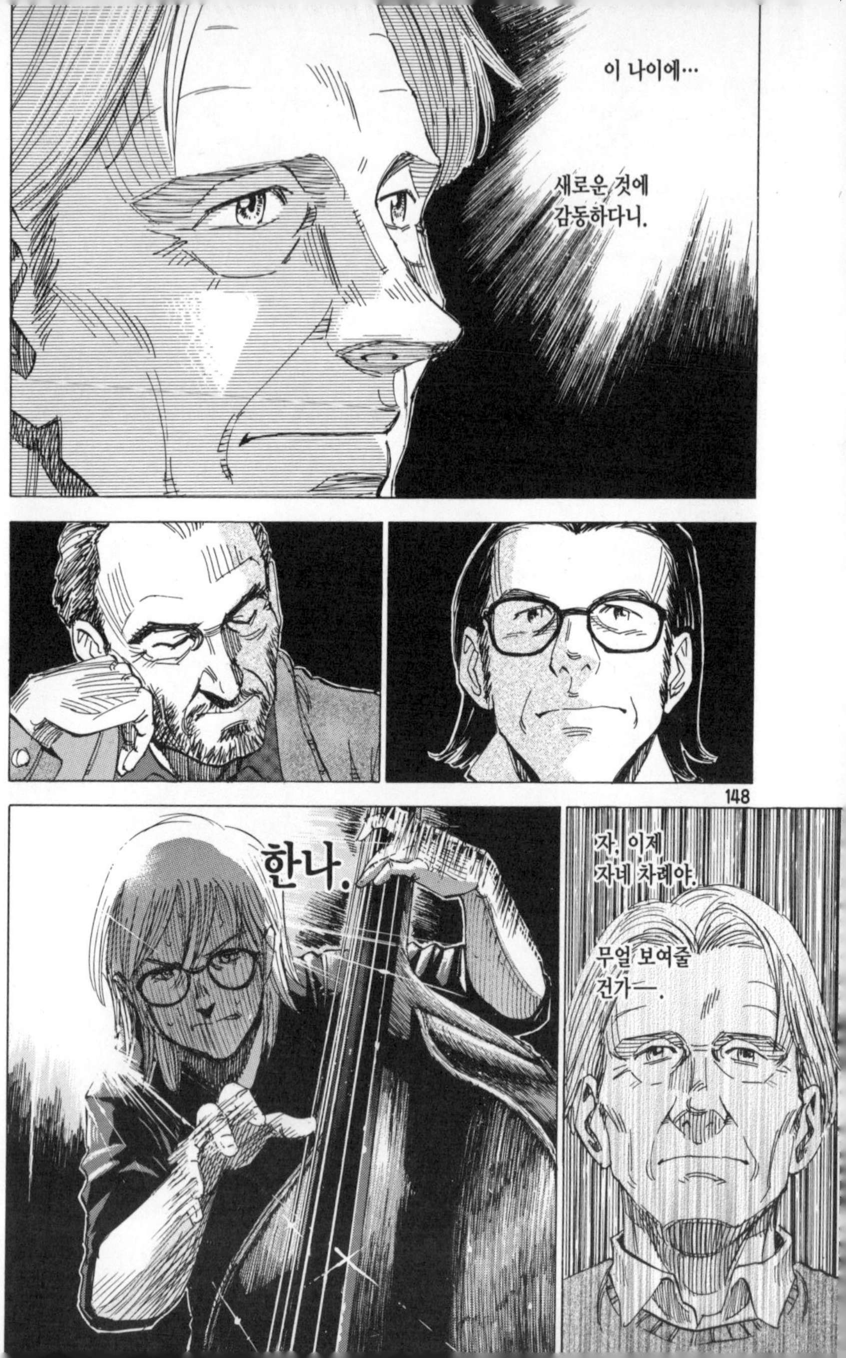

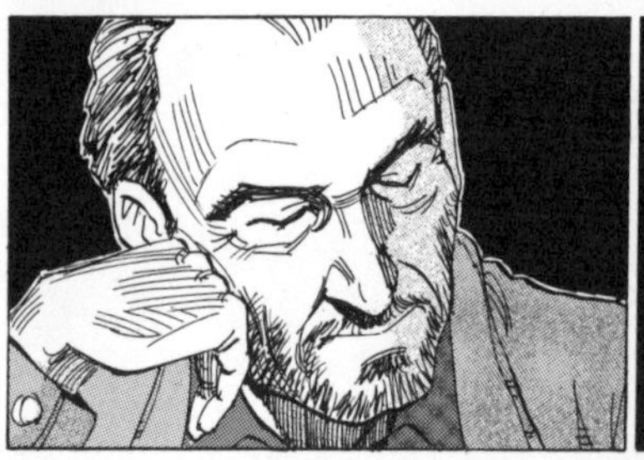

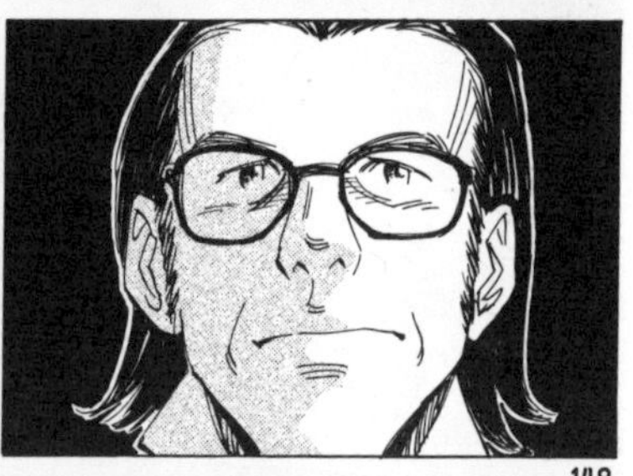

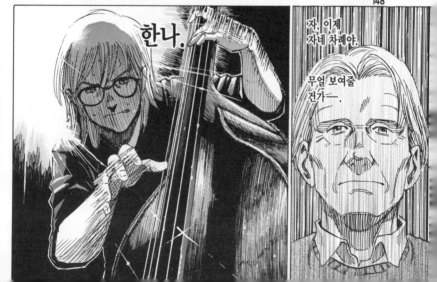

한나.

자, 이제
자네 차례야.

무얼 보여줄
건가—.

자, 이제
자네 차례야.
한나―!

제23화
FROM THIS MOMENT ON
파앗
둥
둥
둥
둥

두두둥
둥
두둥

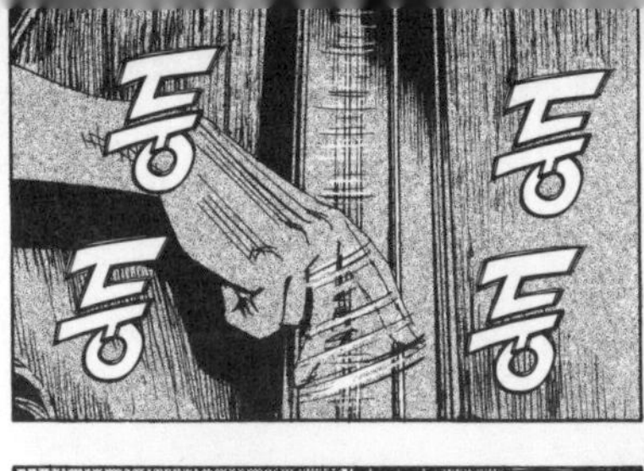
둥
둥
둥
둥

두두두
둥

둥
둥
둥
둥

두둥
두두둥

그녀는 연결을
잘 못 하고 있군.

둥
둥
소리의 흐름을
타지 못하고
있어….
둥
둥

자기야…!!

둥 둥
둥 둥
재즈바가
원래 이런
분위기야…?

둥 두두
둥
두두두

두
둥 둥

둥 둥
둥 둥

알았다!
그녀가 지금
무얼 하고 있는 건지
알겠어!!

둥
둥
둥
둥

그녀는
지금 굉장히
애쓰고 있다….

소리를 내는 것에
둥
두
고전하고
있어…!!
둥
두
두

?

슥

154

Good.
좋아.

둥
둥
둥
둥

두두
둥
두
둥

꾸욱…
Very very…good.
아주… 잘하고 있어.

……………

연결되기
시작했다….

연결되기
시작했어…!!

그녀의 소리가

156

멜로디는 나오기
시작했지만
자, 이제
여기서 어떻게
올라갈 거지?

연결하는
데까지는
용케 끌고 왔지만
뭐,
이 정도가
한계겠지….

파앙

!

둥
둥
둥
두
둥
둥
둥
둥
둥
둥

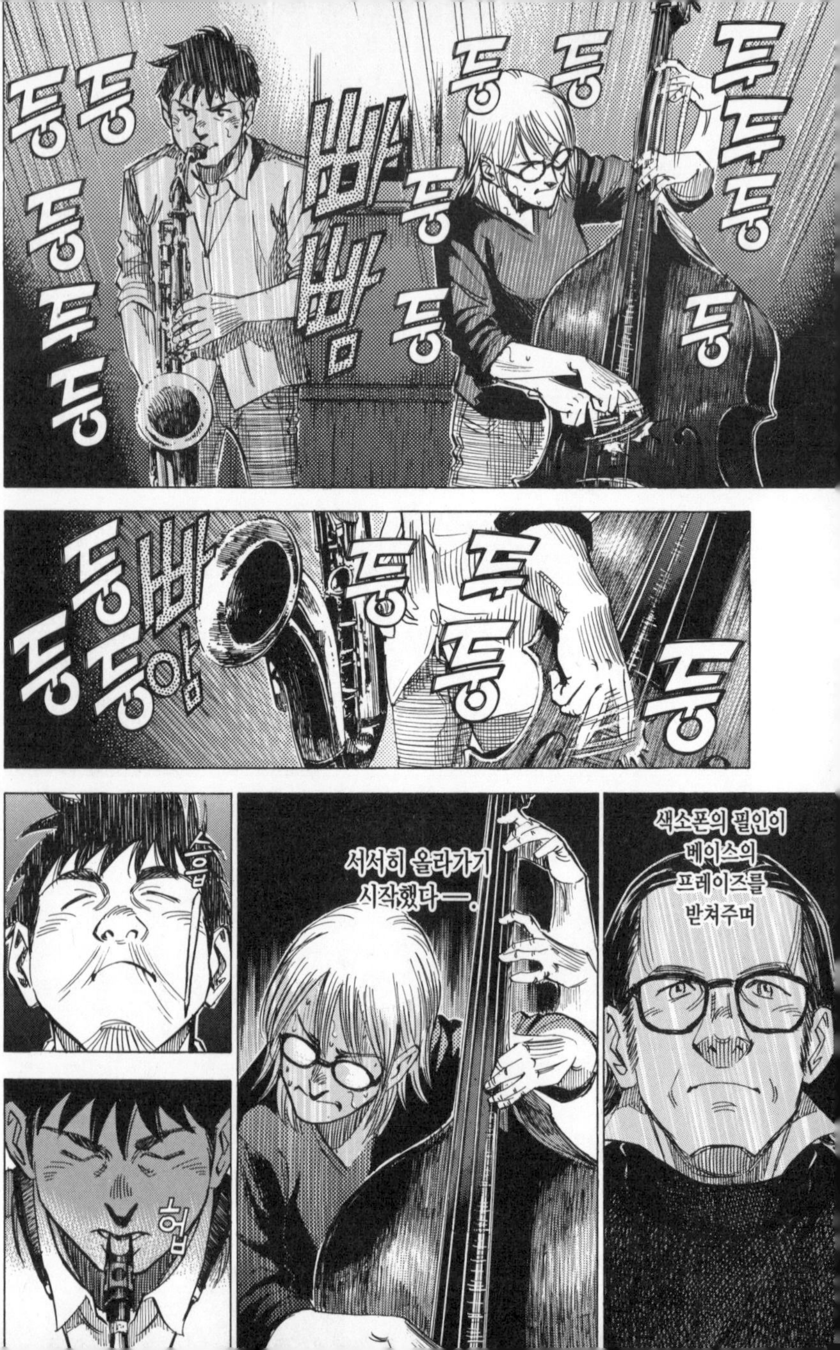

두두둥
둥
둥둥
둥
빠빰
둥둥
둥두둥

둥
두둥
둥
둥빠
둥둥얍

색소폰의 필인이
베이스의
프레이즈를
받쳐주며

서서히 올라가기
시작했다—.

습

헙

빠
빠
빠

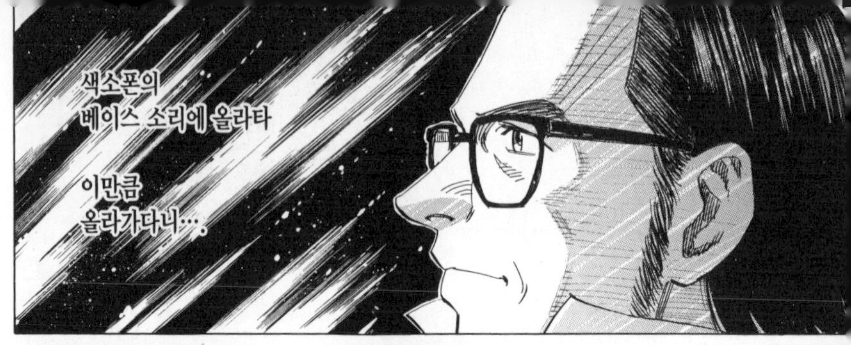
색소폰의
베이스 소리에 올라타
이만큼
올라가다니….

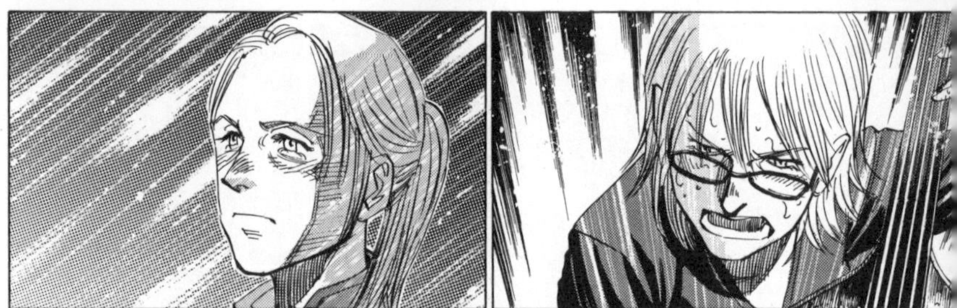

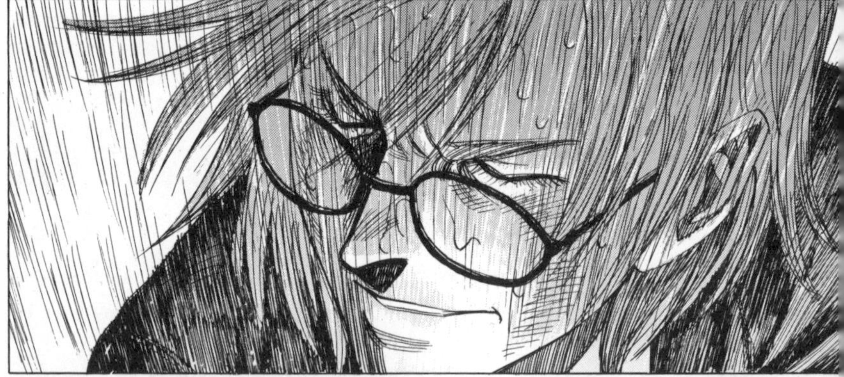

160

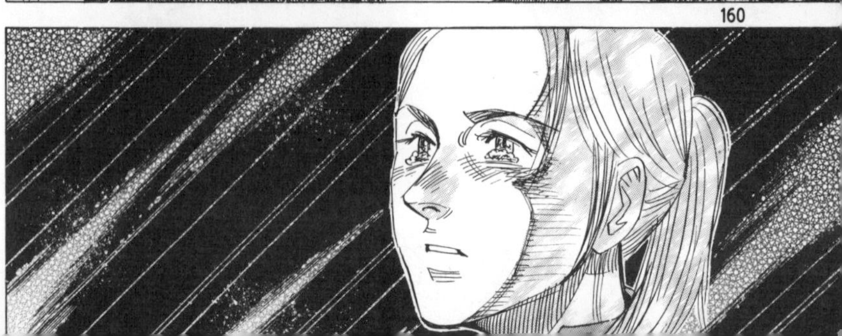

시야?

Dai Miyamoto,
Hannah….
다이 미야모토, 한나….
Peters.
페터스.

페터스….
고마워요, 보리스.
패키지로서 음악이
완성되지 않았어.
역시
재즈의 기본이
안 됐어.
그런가?
난 충분히 재즈로서
성립되었다고
보는데?

드럼도,
피아노도 없고
리듬 섹션은 쏙 빠진
솔로로만 구성되어 있잖아?
'테마도 없는 것'을
과연 '곡'이라
부를 수 있을까?
그 부분은 아마
두 사람이 팀을
결성한 지 얼마 안 돼서
그런 것 아닐까?
작곡, 편곡은
시간이 좀 걸리는 게
일반적이잖아?
그 두 사람이
전위적으로
곡을 무너뜨린 것
같진 않던데.

난 그 두 사람이
지나치게 감정에 기댄 것처럼
느껴지던걸?
나도!
소리를 자아내기엔
냉정함이 결여된
플레이였어.

아냐, 그들은
감정 따위에
기대지 않았어.
감정과는 정반대로
집중하고 있었지.
베이스 솔로 중간에 나온 색소폰이
그 좋은 예시 아닐까?
그래, 그건
집중력이 낳는
기술이라고.
난 좀 다르게
생각해.

굳이 집중하지 않더라도
그 정도 기술은
끌어낼 수 있어.
아냐, 색소폰도, 베이스도
제법 쓸 만한 기술의 소유자였어,
그 플레이는.
맞아, 특히나
색소폰의 어휘가
굉장히 풍부해서
깜짝 놀랐지.
D, 한나….
오늘 자네들은
50% 가까이
합이 맞았어….

165

첫 번째 테스트는
통과했네.
무엇보다—
실전에 서보는 게
정답이었어, D.

다들 자네들에 대해
토론하고 있어.

저도 한말씀
드려도 될까요?

합이 맞다, 안 맞다,
기술이 뛰어나다,
떨어진다,
여러 가지 의견이
나왔지만

그 두 사람의
연주를 듣고
아마도 전원
느끼셨을 거라
확인하고 싶은 게
있습니다.

그 두 사람의
연주는

그 어디서도
약한 느낌이
들지 않았어요.

혹시 '약하다' 고
여긴 분이
계시나요?

밴드로선
확실히
아직 갈 길이
먼 구석도
느껴지지만
오늘날의 재즈판에선
환영해야 할 일이라고
보는데요….
그 두 사람은
'강한 연주' 를
했습니다.
저는

의견 차이와는 상관없이.
뮤직 차지는 내고 가.

뭐, 더 이상 얘기해봤자 답도 없을 것 같으니, 난 이만 가보겠네.
나도….
그 정도 매너는 있다고.
흥….
덜컹
덜컹

비록 반까진 못 갔지만, 찬동 의견을 들어 정말 다행이네요.
7명을 불렀는데 남은 건 3명.

168

그 두 친구와 어울릴 만한 멤버로 생각나는 사람 없나?

근데

끼익

아.
연주 잘 들었어요.

들어줘서 고맙습니다.

재즈란… 대단히 힘든 음악이로군요.

이봐, 한나.

보리스가
불러준 사람들…
분명
우릴 보고
놀랐었지?

끌어내지 못했어.
어?

솔로 도입부에서
삐끗하는 바람에
전부 끌어내지 못했어.

너무
분해….
하지만

D가 받쳐준
덕분에
어느 정도는
끌어냈지만…

처음으로 내가
D랑 한 팀이란
실감이 들었어.

동료를 찾아보자.

제24화
WARRIOR

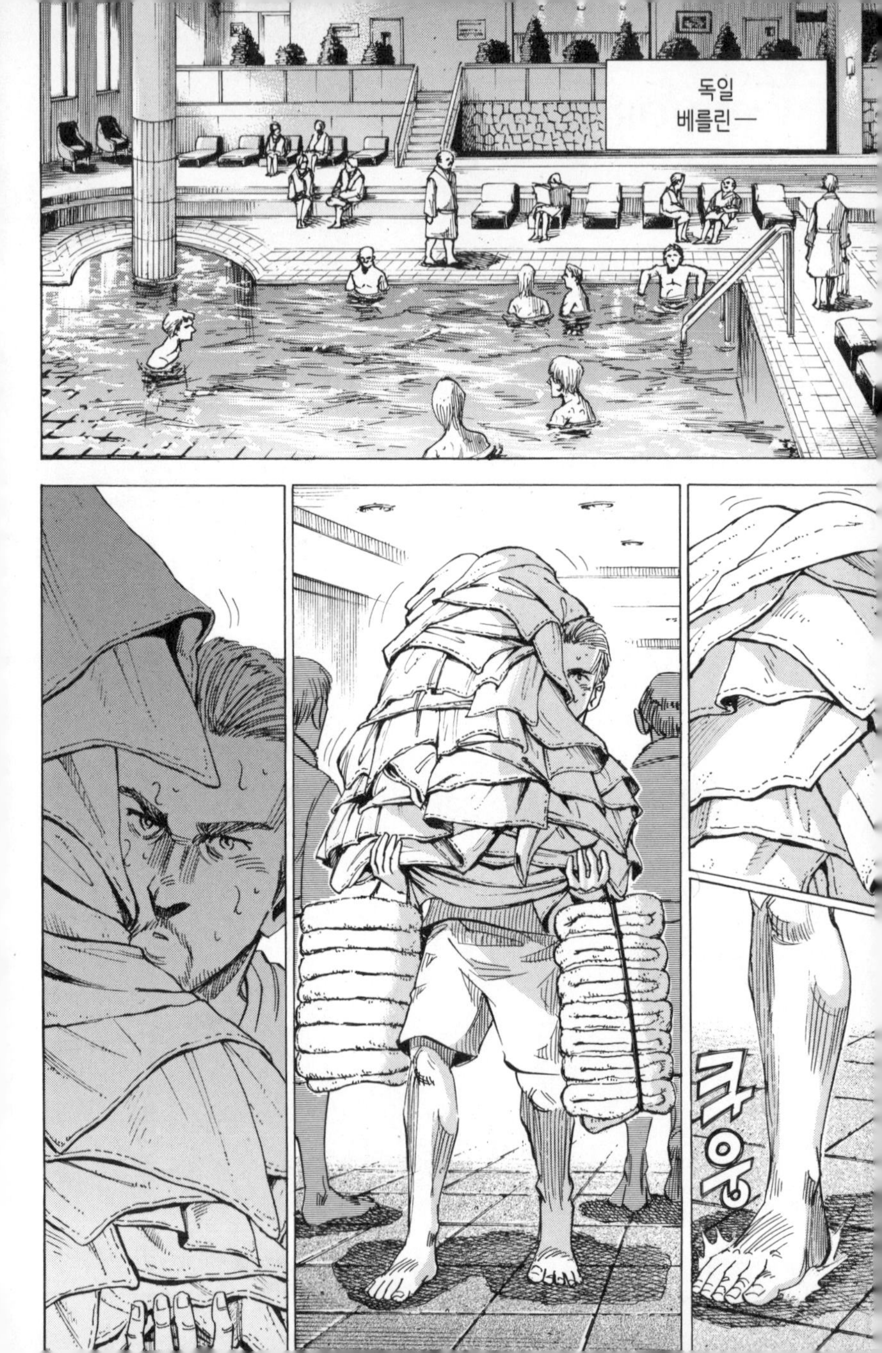
독일
베를린—
쿠웅

손님.

파앗

역시
폴란드인이야.

날마다 열심히 일하는구만.

내가 폴란드인이라
일을 잘하는 게
아니라
내가 일을
잘하는 것이오.

그리고 아무리 폴란드의
영웅이라지만…
이제 쇼팽이라고 좀
그만 부르시오.
도대체 몇 세기 전
이야길 하는 거야?

난 현대의
재즈 피아니스트요.
…시건방진 것도
폴란드인의
기질이지.
질질질.

덜컹
덜컹
부우웅

뚜벅
뚜벅

끼익…

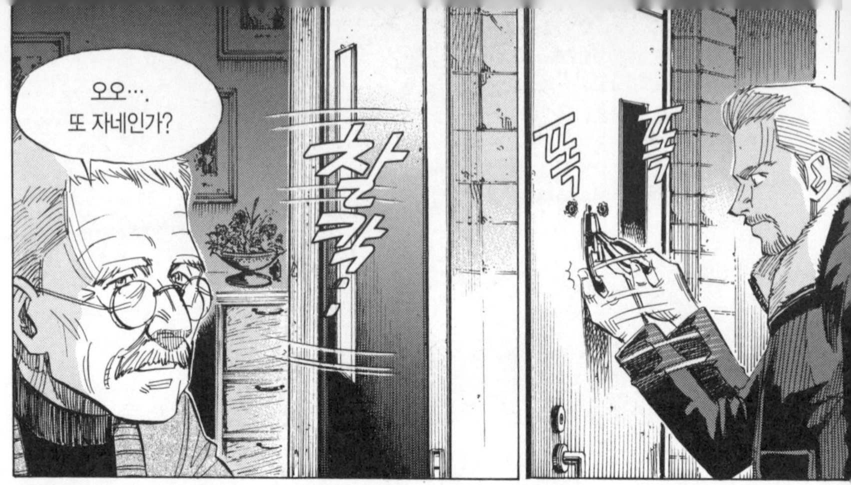

178

끼익

샥
벌컥

후우――…

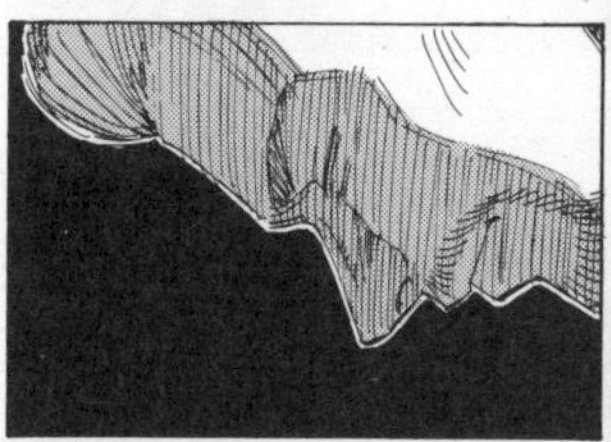

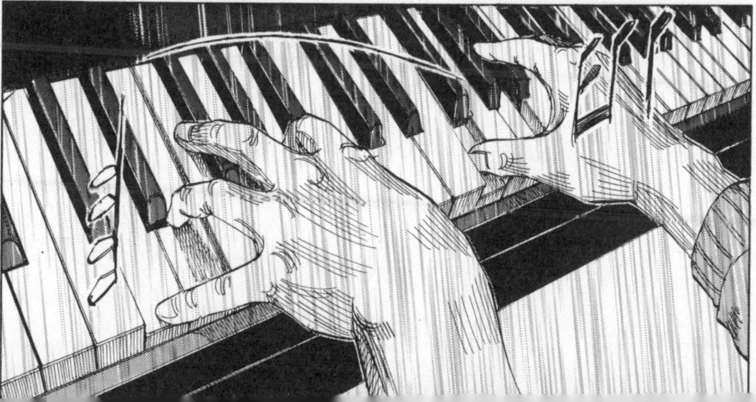

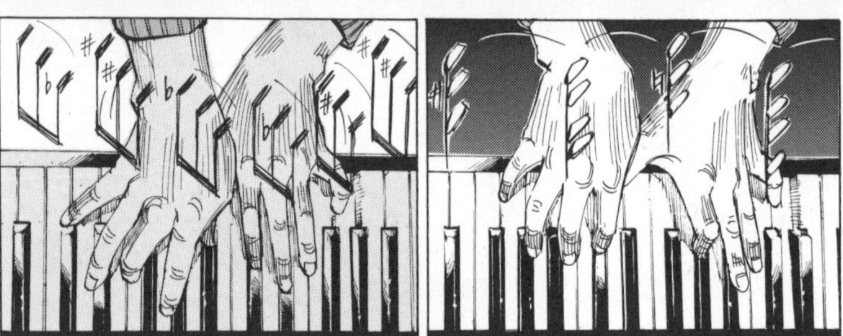

180

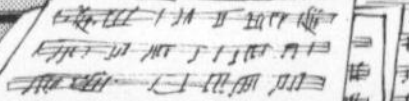

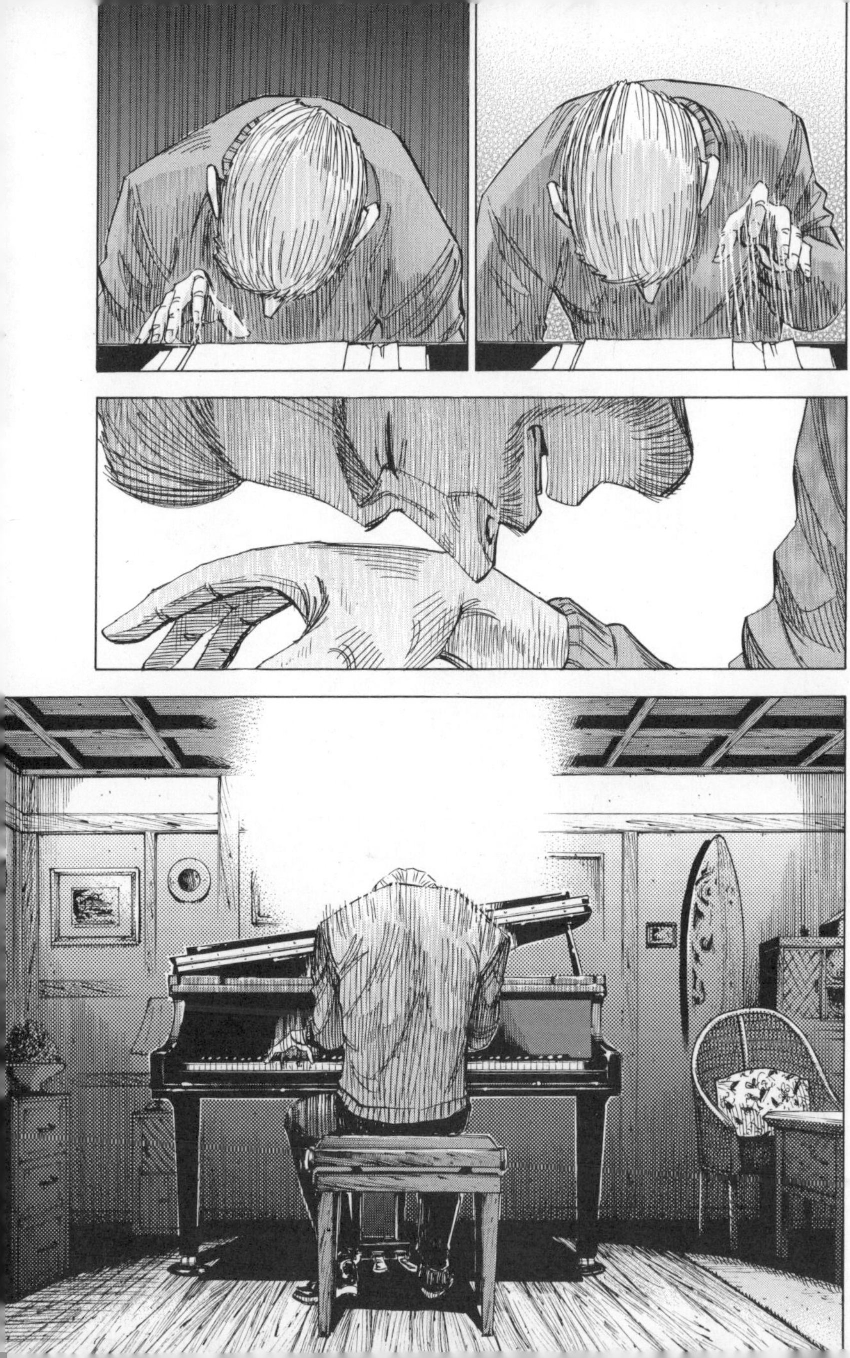

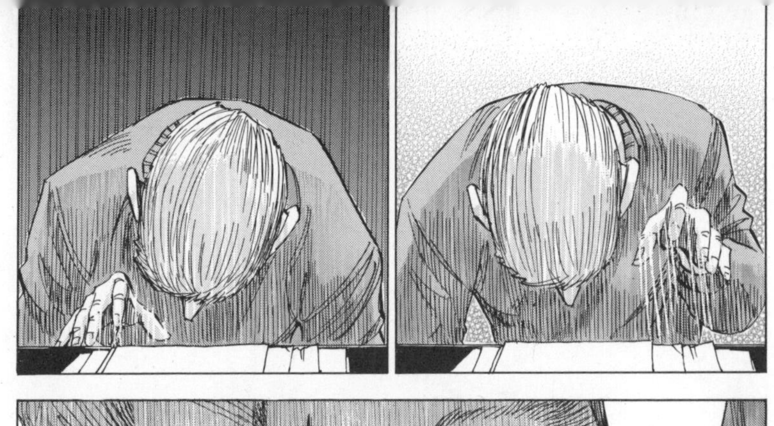

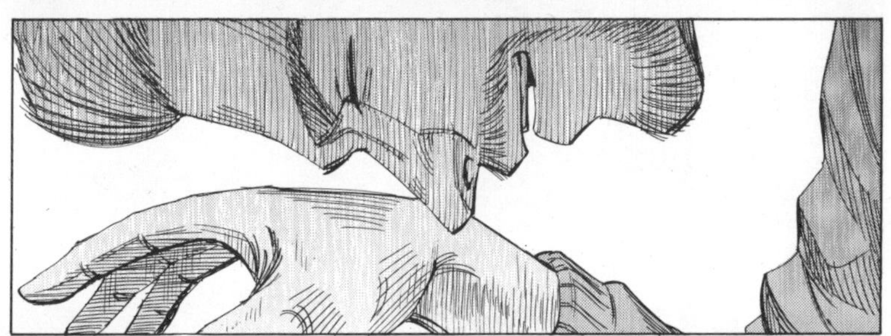

벌써 시간이
다 됐구나….

샤
샥
샤
샥
샤
샥
샤
샥
샤
샥

샥
샥

뽀득 뽀득
또롱♪
또로롱♪
샤샤
샤샤

착..
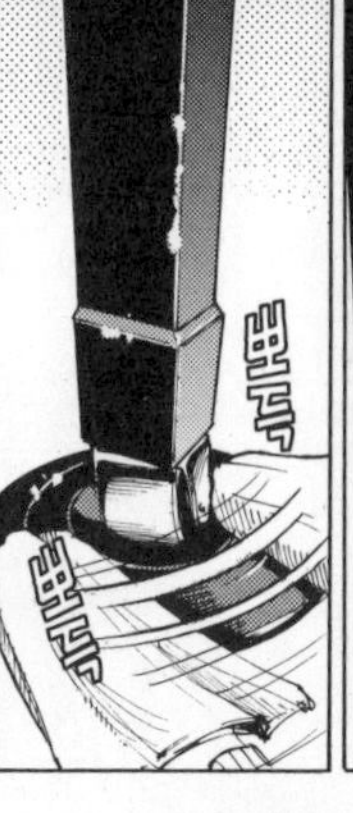
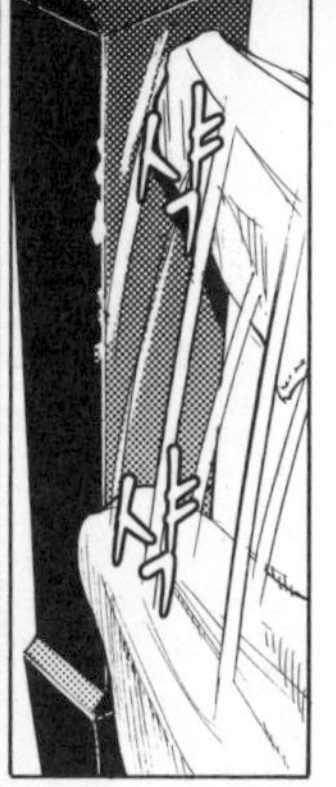
샤
샤

184

THERMEN
AM EUROPA-CENTER
MOMO

이봐!
락커에 타월이
부족해!!
북북북
이쪽 일
끝나면.

북북북북

안 돼!!
지금 당장 해!!

씨익…

콰당

저벅
저벅
저벅

승리의
여신이란
이긴 녀석 눈에는
미소 짓는 것처럼
보이나?

내 눈엔
아직 그렇게
보이지 않는다.

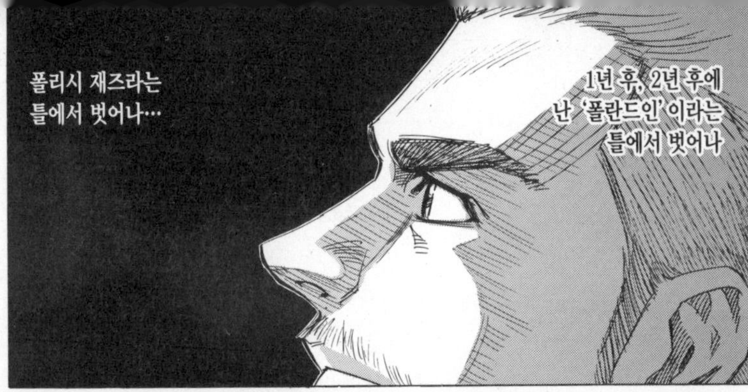

1년 후, 2년 후에
난 '폴란드인'이라는
틀에서 벗어나

폴리시 재즈라는
틀에서 벗어나…

브루노 카민스키로서
재즈 세계에서
승리해

이 문을
쳐다볼 수 있을까?

오늘….
어쩌면
오늘 밤은

뚜벅
뚜벅

누군가의 눈에 띌
찬스가 있을지도
모른다….
뚜벅
뚜벅

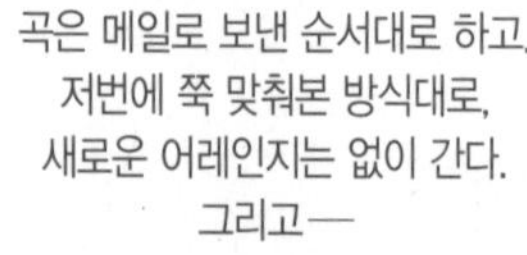
곡은 메일로 보낸 순서대로 하고.
저번에 쭉 맞춰본 방식대로,
새로운 어레인지는 없이 간다.
그리고—

AHOY'S DREAM

SUN DOWN JAZZ CLUB

이쪽은 에릭의 소개로
들어와준 브루노야.
그의 뛰어난 피아노 기술은
새삼 설명할
필요도 없겠지?

안 그래?
브루노.

난 기술만 뛰어나면
장땡이라고는
생각지
않는데?

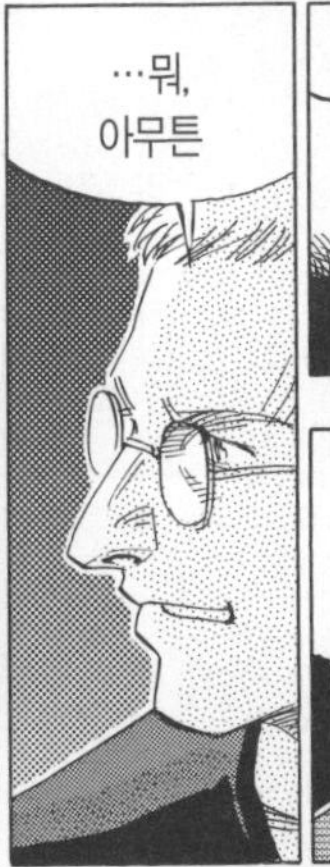
…뭐,
아무튼

폴란드에서 온
브루노야.
잘 부탁해.

폴란드인이라면
틀림없지.

…왜?
왜긴…

폴리시 재즈 하면…
클래식에 가까운 섬세한 재즈잖아?

그러니까 걱정할 것 없다.
틀림없는 플레이어다, 라는 뜻이지.

미리 말해두는데 내 건
폴리시 재즈가 아니야.

아… 그래? 아무튼 브루노도 한잔해.
난 라이브 전에는 안 마셔.

그런 것 마시고 무대에서 실수하면 가만 안 둘 거야.

…………
같이 오래 하기는 싫은 타입이네.

빠
바
방
빠
바
방

흥….
섬세한 폴리시 재즈의
대명사 같은
플레이잖아…?!

저 사람….
으응.

소극적이라고 해야 할지…

자꾸 뚝뚝 끊기지 않아?

운지도 좀 적고….

…아냐.

연결되고 있어.

낸 소리를 자신에게 돌려보내고, 그러고 나서 다음 음을 내고 있어서 그래.

소리가 작고 느리긴 해도, 굉장히 파워풀해….

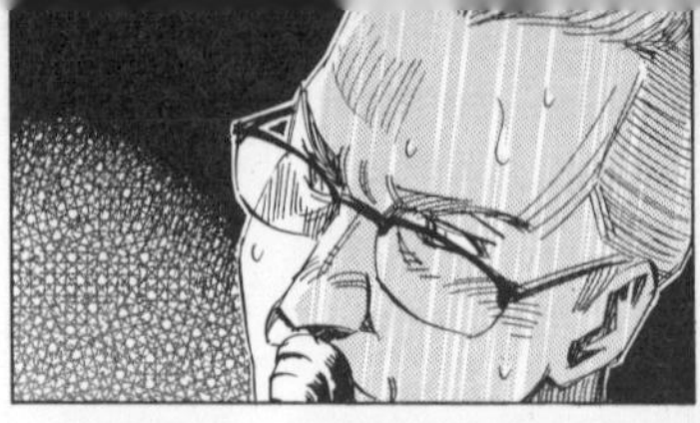
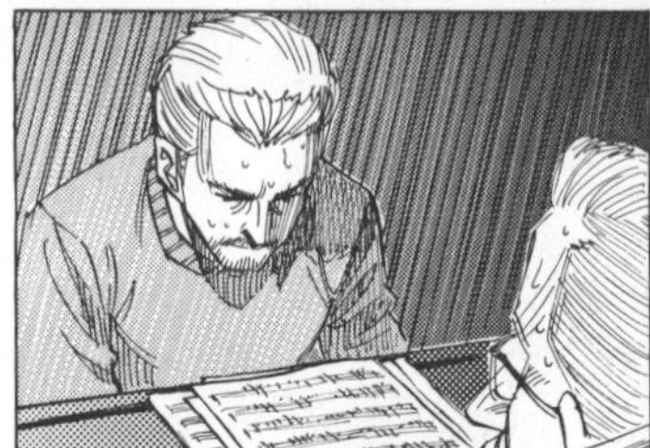
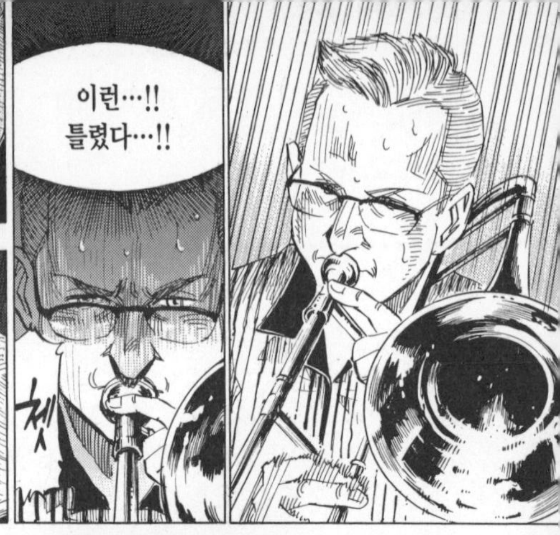
이런…!!
틀렸다…!!
쳇
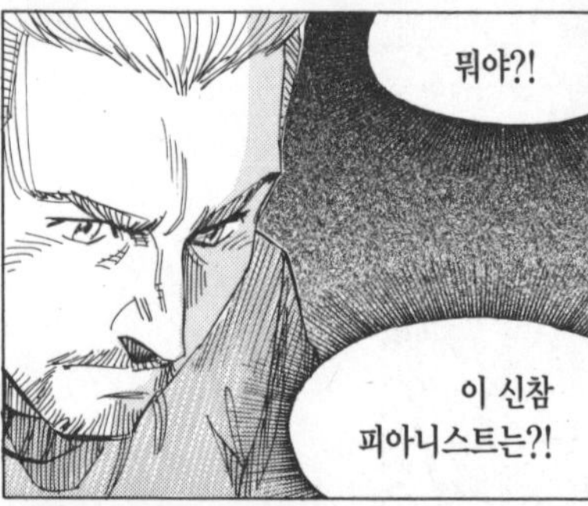
뭐야?!
이 신참
피아니스트는?!
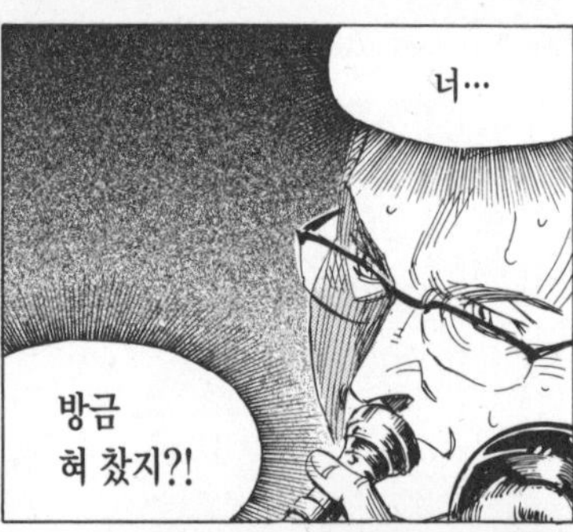
너…
방금
혀 찼지?!
194
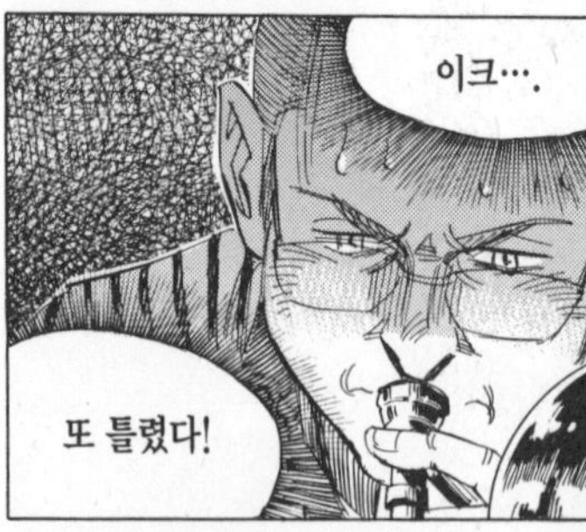
이크….
또 틀렸다!
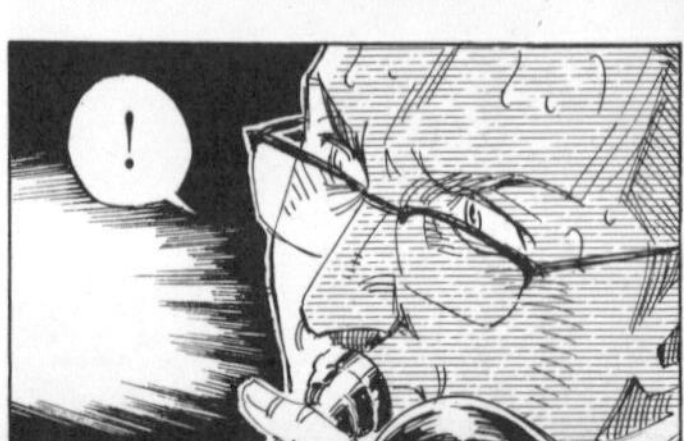
!
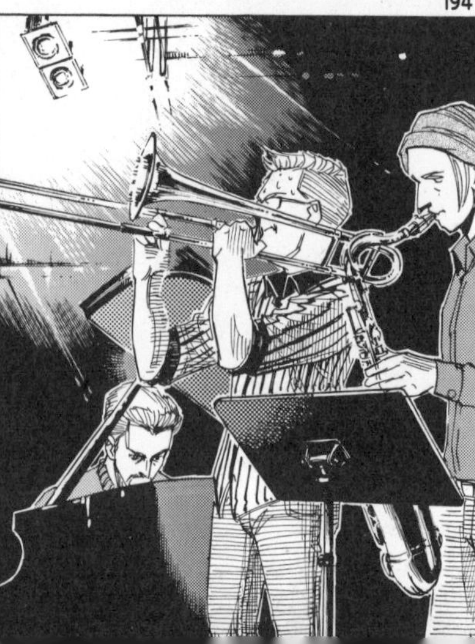

덥석

바, 방금 갑자기…
물 끼얹었지?!
설마….
기분 탓이겠지.
연출인가…?

다음 권에 계속

BONUS TRACK 1

MNC RECORDS

전 그들을 연결해주지 않았습니다.

무언가에 깊이 매진한 인간들은 자석처럼 변하나 봐요.

만나야 할 상대를 만나게 되는 자석이랄까.

…네.
그 콘서트가 열린 밤이요.
저도 그 공연장에 있었는데.
그건 혁명적인 밤이었죠.

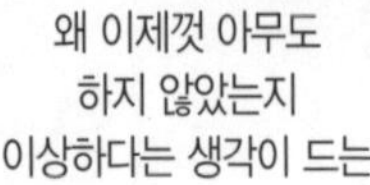
왜 이제껏 아무도 하지 않았는지 이상하다는 생각이 드는
그런 변화야말로 진정한 혁명이 아닐까요?
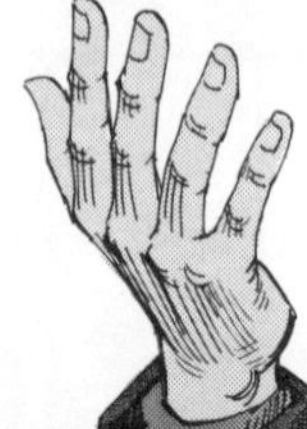
…하하하, 그의 입버릇이요?
네, 기억하고 말고요.
감사합니다!!
열심히 하겠습니다!!

Bonus of BLUE

BONUS TRACK 2

유럽에
두 번째
재즈 취재를
다녀왔습니다.
콰-앙

몇 개국을
돌면서
저쪽.
아냐아냐,
이쪽이에요.
각국의
도시에서
재즈를 듣고
왔습니다.

그리고
재즈 페스티벌.
어마
어마한
숫자의
인파네요.
페스티벌이로구나~.

여행에는
말썽이 꼭
따라다녀서
비행기에
맡겨놓은 짐이
없어지질 않나.
이건
….
사라
졌네요
—.

기차가 갑자기
멈추질 않나.
족히
2시간은
지났죠…?

실수도
저질러서…
호오,
호오,
찰칵
찰칵
찰칵
찰칵
좋구나.
관광지에서
사진 찍는 데에
열중해 있다가
!

노점에서 파는
그림을
밟아버려
우앗.
앗!! 너 뭐 하는
짓이야?!
외국어

예정에 없던
선물이
늘어
났습니다.
괜찮아.

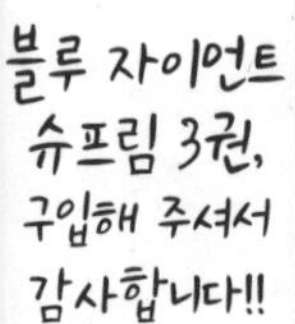
블루 자이언트
슈프림 3권,
구입해 주셔서
감사합니다!!

영 코믹스

BLUE GIANT SUPREME 3

2019년 12월 31일 초판 발행　2023년 9월 5일 2쇄 발행

저자 ········ Shinichi ISHIZUKA

번　역 : 장지연　　　발행인 : 황민호
콘텐츠1사업본부장 : 이봉석
책임편집 : 장숙희/김성희
발행처 : 대원씨아이(주)
서울특별시 용산구 한강대로 15길 9-12 전화 : 2071-2000 FAX : 797-1023
1992년 5월 11일 등록 제1992-000026호

ISBN 979-11-362-1528-4 07830
ISBN 979-11-362-1020-3 (세트)

· 문의 : 영업 2071-2075 / 편집 2071-2026